GRöLS Verlage

„Bücher sind wie Fallschirme. Sie nützen uns nichts, wenn wir sie nicht öffnen.“

Gröls Verlag

Redaktionelle Hinweise und Impressum

Das vorliegende Werk wurde zugunsten der Authentizität sehr zurückhaltend bearbeitet. So wurden etwa ursprüngliche Rechtschreibfehler *nicht* systematisch behoben, denn kleine Unvollkommenheiten machen das Buch – wie im Übrigen den Menschen – erst authentisch. Mitunter wurden jedoch zum Beispiel Absätze behutsam neu getrennt, um den Lesefluss zu erleichtern.

Um die Texte zu rekonstruieren, werden antiquarische Bücher von Lesegeräten gescannt und dann durch eine Software lesbar gemacht. Der so entstandene Text wird von Menschen gegengelesen und korrigiert – hierbei treten auch Fehler auf. Wenn Sie ebenfalls antiquarische Texte einreichen möchten, finden Sie weitere Informationen auf www.groels.de

Viel Freude bei der Lektüre wünscht Ihnen das Team des Gröls-Verlags.

Adressen

Verleger: Sophia Gröls, Im Borngrund 26, 61440 Oberursel

Externer Dienstleister für Distribution & Herstellung: BoD, In de Tarpen 42, 22848 Norderstedt

Unsere „Edition | Werke der Weltliteratur“ hat den Anspruch, eine der größten und vollständigsten Sammlungen klassischer Literatur in deutscher Sprache zu sein. Nach und nach versammeln wir hier nicht nur die „üblichen Verdächtigen“ von Goethe bis Schiller, sondern auch Kleinode der vergangenen Jahrhunderte, die – zu Unrecht – drohen, in Vergessenheit zu geraten. Wir kultivieren und kuratieren damit einen der wertvollsten Bereiche der abendländischen Kultur. Kleine Auswahl:

Francis Bacon • Neues Organon • **Balzac** • Glanz und Elend der Kurtisanen • **Joachim H. Campe** • Robinson der Jüngere • **Dante Alighieri** • Die Göttliche Komödie • **Daniel Defoe** • Robinson Crusoe • **Charles Dickens** • Oliver Twist • **Denis Diderot** • Jacques der Fatalist • **Fjodor Dostojewski** • Schuld und Sühne • **Arthur Conan Doyle** • Der Hund von Baskerville • **Marie von Ebner-Eschenbach** • Das Gemeindekind • **Elisabeth von Österreich** • Das Poetische Tagebuch • **Friedrich Engels** • Die Lage der arbeitenden Klasse • **Ludwig Feuerbach** • Das Wesen des Christentums • **Johann G. Fichte** • Reden an die deutsche Nation • **Fitzgerald** • Zärtlich ist die Nacht • **Flaubert** • Madame Bovary • **Gorch Fock** • Seefahrt ist not! • **Theodor Fontane** • Effi Briest • **Robert Musil** • Über die Dummheit • **Edgar Wallace** • Der Frosch mit der Maske • **Jakob Wassermann** • Der Fall Maurizius • **Oscar Wilde** • Das Bildnis des Dorian Grey • **Émile Zola** • Germinal • **Stefan Zweig** • Schachnovelle • **Hugo von Hofmannsthal** • Der Tor und der Tod • **Anton Tschechow** • Ein Heiratsantrag • **Arthur Schnitzler** • Reigen • **Friedrich Schiller** • Kabale und Liebe • **Nicolo Machiavelli** • Der Fürst • **Gotthold E. Lessing** • Nathan der Weise • **Augustinus** • Die Bekenntnisse des heiligen Augustinus • **Marcus Aurelius** • Selbstbetrachtungen • **Charles Baudelaire** • Die Blumen des Bösen • **Harriett Stowe** • Onkel Toms Hütte • **Walter Benjamin** • Deutsche Menschen • **Hugo Bettauer** • Die Stadt ohne Juden • **Lewis Caroll** • *und viele mehr….*

William Shakespeare

Der Widerspenstigen Zähmung

Übersetzung

von

Wolf Heinrich Graf Baudissin

Inhalt

PERSONEN

Ein Lord

Christoph Schlau, *ein betrunkener Kesselflicker*

Wirtin, Page, Schauspieler, Jäger *und andere* **Bediente** *des Lords*

Baptista, *ein reicher Edelmann in Padua*

Vincentio, *ein alter Edelmann aus Pisa*

Lucentio, *Vincentios Sohn, Liebhaber der Bianka*

Petruchio, *ein Edelmann aus Verona, Katharinens Freier*

Gremio *und* **Hortensio**, *Biankas Freier*

Tranio *und* **Biondello**, *Lucentios Diener*

Grumio *und* **Curtis**, *Petruchios Diener*

Ein Magister, *der den Vincentio vorstellen soll*

Baptistas Töchter:
  Katharina, *die Widerspenstige*
  Bianka, *ihre Schwester*

Eine **Witwe**

Schneider, Putzhändler *und* **Bediente** *des Baptista und des Petruchio*

Die Handlung ist abwechselnd in Padua und in dem Landhause des Petruchio

EINLEITUNG

Schlau und die Wirtin treten auf.

Schlau. Ich will Euch zwiebeln, mein Seel.

Wirtin. Fußschellen für dich, du Lump!

Schlau. Du Weibsstück! die Schlaus sind keine Lumpen! Sieh in den Chroniken nach, wir kamen mit Richard dem Eroberer herüber! also paucas palibris: laßt der Welt ihr Recht. Sessa!

Wirtin. Ihr wollt mir die Gläser nicht bezahlen, die Ihr zerbrochen habt?

Schlau. Nein, keinen Heller. Still, still, sagt Jeronimo, geh in dein kaltes Bett und wärme dich.

Wirtin. Ich weiß schon, was ich zu tun habe, ich muß gehn und den Viertelsmeister holen. *(Ab.)*

Schlau. Den Viertels-, Fünftels-, Sechstels- oder Achtelsmeister. Ich werde ihm nach dem Gesetz antworten. Ich weiche keinen Zoll breit, Junge; laßt ihn kommen und in der Güte. *(Schläft ein.)*

Ein Lord, der mit seinem Gefolge von der Jagd zurückkehrt, tritt auf.

Lord. Jäger, ich sag' dir's, pfleg die Meute gut.
Der Spürhund Lustig hat sich überlaufen;
Und kupple Greif mit der tiefstimm'gen Bracke.
Sahst du nicht, Bursch, wie brav der Silber aufnahm
Am Rand des Zauns, so kalt die Fährte war?
Den Hund möcht' ich für zwanzig Pfund nicht missen.

Erster Jäger. Nun, Baumann, ist so gut wie der, Mylord
Er ließ nicht ab, verlor er gleich die Spur,
Und zweimal fand er heut die schwächste Wittrung;
Glaubt mir's, das ist der allerbeste Hund.

Lord. Du bist ein Narr; wär' Echo nur so flink,
Ich schätzt' ihn höher als ein Dutzend solcher.
Nun füttre diese gut, und sieh nach allen;
Ich reite morgen wieder auf die Jagd.

Erster Jäger. Ganz wohl, Mylord.

Lord. Was gibt's da?
Ein Toter oder Trunkner? Atmet er?

Zweiter Jäger. Er atmet, gnäd'ger Herr, ihn wärmt sein Bier,
Sonst wär's ein kaltes Bett, so fest zu schlafen.

Lord. O scheußlich Tier! Da liegt er wie ein Schwein! –
Graunvoller Tod, wie ekel ist dein Abbild! –
Hört, mit dem Trunknen will ich was beginnen.
Was meint ihr, wenn man in ein Bett ihn legte,
In feinem Linnen, Ring' an seinen Fingern,
Ein recht erles'nes Mahl an seinem Lager,
Stattliche Diener um ihn beim Erwachen –
Würde der Bettler nicht sein selbst vergessen?

Erster Jäger. Mein Treu', Mylord, das, glaub' ich, kann nicht fehlen.

Zweiter Jäger. Es wird ihn seltsam dünken, wenn er aufwacht.

Lord. Ganz wie ein schmeichlerischer Traum, ein Blendwerk!
Drum hebt ihn auf, verfolgt den Scherz geschickt,
Tragt ihn behutsam in mein schönstes Zimmer,
Und hängt umher die lüsternen Gemälde.
Wärmt seinen strupp'gen Kopf mit duft'gem Wasser,
Mit Lorbeerholz durchwürzt des Saales Luft,
Haltet Musik bereit, so wie er wacht,
Daß Himmelston ihm Wonn' entgegenklinge.

Und spricht er etwa, eilt sogleich herzu,
Und mit demüt'ger, tiefer Reverenz
Fragt: was befiehlt doch Eure Herrlichkeit?
Das Silberbecken reich' ihm einer dar
Voll Rosenwasser und bestreut mit Blumen.
Gießkanne trage dieser, Handtuch jener,
Sagt: will Eu'r Gnaden sich die Hände kühlen?
Ein andrer steh mit reichem Kleide da
Und frag ihn, welch ein Anzug ihm beliebt?
Noch einer sprech' ihm vor von Pferd und Hunden,
Und wie sein Unfall sein Gemahl bekümmre.
Macht ihm begreiflich, er sei längst verrückt,
Und sagt er euch, er sei . . . so sprecht, ihm träume,
Er sei nichts anders als ein mächt'ger Lord.
Dies tut und macht's geschickt, ihr lieben Leute;
Es wird ein schön ausbünd'ger Zeitvertreib,
Wird er gehandhabt mit bescheidnem Maß.

Erster Jäger. Mylord, vertraut, wir spielen unsre Rolle!
Und unserm Eifer nach soll er es glauben,
Daß er nichts anders ist als wir ihn nennen.

Lord. Hebt ihn behutsam auf, bringt ihn zu Bett,
Und jeder an sein Amt, wenn er erwacht.
(Einige tragen Schlau fort. Trompeten.)
Geh, Bursch, und sieh, wen die Trompete meldet.
Vielleicht ein großer Herr, der auf der Reise
Sich diesen Ort ersehn, um hier zu rasten.
Sag an, wer ist's?

Diener. Mit Eurer Gnaden Gunst,
Schauspieler sind's, die ihre Dienste bieten.

Lord. Führ sie herein. Ihr seid willkommen Leute.

Schauspieler treten auf.

Erster Schauspieler. Wir danken Euer Gnaden.

Lord. Gedenkt ihr diesen Abend hierzubleiben?

Zweiter Schauspieler. Wenn Euer Gnaden unsern Dienst genehmigt.

Lord. Von Herzen gern. *Den* Burschen kenn' ich noch,
Er spielte eines Pachters ältsten Sohn;
Da, wo so hübsch du um das Mädchen warbst.
Ich weiß nicht deinen Namen, doch die Rolle
War passend und natürlich dargestellt.

Erster Schauspieler. War es nicht Soto, den Eu'r Gnaden meint?

Lord. Der war es auch; du spieltest ihn vortrefflich.
Nun, zur gelegnen Stunde kommt ihr eben,
So mehr, da ich 'nen Spaß mir vorgesetzt,
Wo ihr mit euerm Witz mir helfen könnt.
Ein Lord hier wird euch heute spielen sehn –
Allein ich fürcht', ihr kommt mir aus der Fassung,
Daß, fällt sein närrisch Wesen euch ins Auge',
(Denn noch sah Mylord niemals ein Theater)
Ihr nicht ausbrecht in schallendes Gelächter,
Und so ihm Anstoß gebt, denn seid versichert,
Wenn ihr nur lächelt, kommt er außer sich.

Erster Schauspieler. Sorgt nicht, Mylord, wir halten uns im Zaum,
Und wär' er auch die lächerlichste Fratze.

Lord. Du geh mir, führ sie in die Kellerei.
Da reiche jedem freundlichen Willkommen,

Und spare nichts, was nur mein Haus vermag.
(Schauspieler ab.)
Du hol Bartholomeo mir, den Pagen,
Und laß ihn kleiden ganz wie eine Dame.
Dann führ ihn in des Trunkenbolds Gemach;
Und nenn ihn gnäd'ge Frau, dien ihm mit Ehrfurcht.
Sag ihm von mir, wenn meine Gunst ihm lieb,
Mög' er mit feinem Anstand sich betragen,
So wie er edle Frauen irgend nur
Mit ihren Ehherrn sich benehmen sah;
So untertänig sei er diesem Säufer.
Mit sanfter Stimme, tief sich vor ihm neigend,
Sprech er dann: Was befiehlt mein teurer Herr?
Worin Eu'r Weib getreu und unterwürfig
Euch Pflicht erweis' und ihre Lieb' erzeige?
Hernach mit süßem Kuß und sanft umarmend,
Das Haupt an seine Brust ihm angelehnt,
Soll er im Übermaß der Freude weinen,
Daß sein Gemahl ihm wieder hergestellt,
Der zweimal sieben Jahr sich selbst verkennend
Für einen schmutz'gen Bettler sich gehalten.
Versteht der Knabe nicht die Frauenkunst,
Schnell diesem Regenschauer zu gebieten,
Wird eine Zwiebel ihm behilflich sein,
Die heimlich eingewickelt in ein Tuch
Die Augen sicher unter Wasser setzt.
Besorge dies, so schleunig du's vermagst,
Ich will sogleich dir mehr noch anvertraun. *(Diener ab.)*
Ich weiß, der Knabe wird den feinen Anstand,
Gang, Stimm' und Wesen einer Dame borgen.
Ich freu' mich drauf, wenn er Gemahl ihn nennt,

Und wie mit Lachen alle werden kämpfen,
Wenn sie dem albern' Bauern huld'gen müssen.
Ich geh, noch mehr zu raten. Mein Erscheinen
Mag ihre allzu lust'ge Laune dämpfen,
Die sonst vielleicht ein Übermaß erreichte.

(Ab mit seinem Gefolge.)

Ein Schlafzimmer im Hause des Lords

Es treten auf **Schlau** *mit mehreren* **Dienern**. *Einige tragen Kleider, Becken und Gießkanne und anderes Gerät. Der* **Lord** *unter ihnen.*

Schlau. Um Gottes willen, einen Krug Dünnbier.

Erster Diener. Befiehlt Eu'r Herrlichkeit 'nen Becher Sekt?

Zweiter Diener. Befiehlt Eu'r Gnaden eingemachte Früchte?

Dritter Diener. Welch einen Anzug wünscht Eu'r Gnaden heut?

Schlau. Ich bin Christoph Schlau, heißt mich nicht Herrlichkeit noch Gnaden. Ich habe mein Lebstage keinen Sekt getrunken, und wollt Ihr mir Eingemachtes geben, so gebt mir eingemachtes Rindfleisch. Fragt mich nicht, welchen Anzug ich tragen will, denn ich habe nicht mehr Wämser als Rücken, nicht mehr Strümpfe als Beine, nicht mehr Schuhe als Füße, ja zuweilen mehr Füße als Schuhe, oder solche Schuhe, wo mir die Zehen durchs Oberleder gucken.

Lord. Gott nehm Eu'r Gnaden diesen müß'gen Wahn!
O daß ein mächt'ger Lord, von solcher Abkunft,
So großem Reichtum, solcher hohen Würde,
Sich von so bösem Geist beherrschen läßt!

Schlau. Was! wollt ihr mich verrückt machen? Bin ich denn nicht Christoph Schlau, Sohn des alten Schlau von Burtonhaide? durch Geburt ein Hausierer, durch Erziehung ein Hechelkrämer, durch Verwandlung ein Bärenführer und nun nach meiner jetzigen Hantierung ein Kesselflicker? Fragt nur Anne Hacket, die dicke Bierwirtin von Wincot, ob sie mich nicht kennt. Wenn sie sagt, daß sie mich nicht mit vierzehn Pfennigen für Weißbier auf ihrem Kerbholz angestrichen hat, so streicht mich an als den verlogensten Schelm in der ganzen Christenheit. Was! ich bin doch nicht verhext? Hier ist . . .

Erster Diener. O dies macht Eure edle Gattin weinen!

Zweiter Diener. O dies macht Eure treuen Diener trauern!

Lord. Ja, deshalb scheun das Haus die Anverwandten,
Als geißelt' Euer Wahnsinn sie hinweg.
O edler Lord, gedenk der hohen Ahnen,
Den alten Sinn ruf aus dem Bann zurück,
Und banne diesen blöden niedern Traum!
Sieh, alle Diener warten ihres Amts!
Die Pflicht will jeder tun nach deinem Wink.
Willst du Musik? so horch, Apollo spielt,
Und zwanzig Nachtigall'n im Bauer singen.
Sag, willst du schlafen? deiner harrt ein Lager,
Weicher und sanfter als das üpp'ge Bett,
Das für Semiramis ward aufgeschmückt.
Willst du lustwandeln? Blumen streun wir dir;
Willst reiten? deine Rosse lass' ich zäumen,
Ihr Zeug ganz aufgeschmückt mit Gold und Perlen.
Liebst du die Beize? deine Falken schwingen
Sich höher als die Morgenlerche; Jagd?

Der Himmel dröhnt vom Bellen deiner Hunde
Und weckt der hohlen Erde grelles Echo.

Erster Diener. Sprich, willst du hetzen? schnell sind deine Hunde,
Leicht wie der Hirsch und flücht'ger als das Reh.

Zweiter Diener. Liebst du Gemälde? sprich! wir bringen dir
Adonis ruhend an dem klaren Bach,
Und Cythera ganz im Schilf versteckt,
Das ihren Atem kos't und so sich regt,
Wie schwankes Schilfrohr mit dem Winde spielt.

Lord. Wir zeigen Jo dir, da sie Jungfrau noch,
Wie sie betrogen ward und überrascht,
Ganz nach dem Leben täuschend dargestellt.

Dritter Diener. Und Daphne flüchtend durch den dorn'gen Wald,
Zerritzt die Beine, daß man schwört, sie blute,
Und bei dem Anblick traurig wein' Apollo.
So meisterlich gemalt sind Blut und Tränen.

Lord. Du bist ein Lord, nichts anders, als ein Lord,
Und ein Gemahl besitzest du, weit schöner
Als irgendein' in dieser dürft'gen Zeit.

Erster Diener. Und eh die Tränen, die für dich vergossen,
Voll Neid ihr lieblich Antlitz überströmt,
War sie das reizendste Geschöpf der Welt,
Und jetzt noch steht sie keiner andern nach.

Schlau. Bin ich ein Lord? und hab' ich solche Frau?
Träum' ich? sagt, oder träumte mir bis jetzt?
Ich schlafe nicht, ich seh', ich hör', ich spreche,
Ich rieche Duft, ich fühle weiches Lager.
Bei meiner Seel', ich bin ein Lord, wahrhaftig,

Kein Kesselflicker, noch Christoffer Schlau.
Wohlan, so bringt mir meine Frau vor Augen,
Und nochmals: einen Krug vom dünnsten Bier!

Zweiter Diener. Will Eu'r Erhabenheit die Hände waschen?
(Die Diener reichen ihm Becken, Kanne und Tuch.)
Wir sind beglückt, daß Ihr zurecht Euch fandet;
O daß Ihr endlich einseht, wer Ihr seid!
Seit fünfzehn Jahren war't Ihr wie im Traum,
Und wachtet Ihr, so war's, als ob Ihr schlieft.

Schlau. Seit fünfzehn Jahren! Blitz, ein hübsches Schläfchen!
Sprach ich denn gar nichts in der ganzen Zeit?

Erster Diener. O ja, Mylord, doch lauter unnütz Zeug
Denn lagt Ihr gleich in diesem schönen Zimmer,
Sagtet Ihr doch, man werf' Euch aus der Tür.
Dann schaltet' Ihr die Wirtin aus und drohtet,
Sie beim Gerichtstag nächstens zu verklagen,
Weil sie Steinkrüge gab statt richt'gen Maßes.
Dann wieder rieft Ihr nach Cäcilie Hacket.

Schlau. Ja ja, der Wirtin Tochter in der Schenke.

Dritter Diener. Ei Herr, Ihr kennt solch Haus nicht und solch Mädchen,
Noch solche Leute, als Ihr hergezählt.
Auch all die Männer, die Ihr nanntet, nicht,
Als Stephan Schlau, Hans Knopf den alten Dicken,
Und Peter Torf und Heinrich Pimpernell,
Und zwanzig solcher Namen noch und Leute,
Die niemals lebten und die niemand kennt.

Schlau. Nun, Gott sei Dank für unsere Beßrung!

Alle. Amen!

Schlau. Ich danke dir, 's soll nicht dein Schade sein.

*Der **Page** kommt, wie eine Dame gekleidet, mit Gefolge.*

Page. Wie geht es meinem Herrn?

Schlau. Ei nun, recht wohl, hier gibt's genug zu essen.
Wo ist mein Weib?

Page. Hier, edler Herr; was wolltest du von ihr?

Schlau. Seid Ihr mein Weib und nennt mich nicht mein Mann?
Herr heiß' ich fürs Gesind', ich bin Eu'r Alter.

Page. Mein Gatte und mein Herr, mein Herr und Gatte,

Schlau. Nun ja, ich weiß. Wie heißt sie denn?

Lord. Madam.

Schlau. Was! Madam Else? oder Madam Hanne?

Lord. Madam schlichtweg, so nennen Lords die Ladys.

Schlau. Nun Madam Frau, man sagt, ich schlief und träumte
Schon an die fünfzehn Jahre wohl und länger.

Page. Ja, und die Zeit bedünkte mich wie dreißig,
Weil ich so lang getrennt von deinem Bett.

Schlau. 's ist viel! – Leute, laßt mich und sie allein. –
Madam, zieht Euch nur aus und kommt zu Bett.

Page. Dreimal erhabner Lord, ich muß Euch flehn,
Geduldet Euch nur wen'ge Nächte noch,
Wo nicht, nur bis die Sonne unterging,
Denn Eure Ärzte haben streng verordnet,
(In Furcht, Eu'r altes Übel kehre wieder)

Daß ich mich noch von Eurem Bett entferne.
So steht die Sache, drum entschuldigt mich.

Schlau. I nun ja, wenn's so steht, ist's aber doch schwer, so lange zu warten. Aber es sollte mich freilich verdrießen, wenn ich wieder in meine Träume verfiele, darum will ich warten, was auch Fleisch und Blut dazu sagen mögen.

Ein Diener kommt.

Diener. Eu'r Herrlichkeit Schauspieler sind bereit,
Weil Ihr gesund, ein lustig Stück zu spielen,
Denn also halten's Eure Ärzte dienlich,
Weil zu viel Trübsinn Euer Blut verdickt,
Und Traurigkeit des Wahnsinns Amme ist.
Deshalb schien's ihnen gut, Ihr säht dies Spiel,
Und lenket Euren Sinn auf muntern Scherz;
Dadurch wird Leid verbannt, verlängt das Leben.

Schlau. Zum Henker, das soll geschehn. Ist es nicht so eine Komodität, eine Christmarktstanzerei; oder eine Luftspringergeschichte?

Page. Nein, Herr, dies Zeug gefällt Euch wohl noch besser.

Schlau. Was? Ist es Tischzeug?

Page. 's ist 'ne Art Historie.

Schlau. Nun, wir wollen's ansehn. Komm, Madam Frau, setz dich neben mich und laß der Welt ihren Lauf; wir werden niemals wieder jünger.

ERSTER AUFZUG

Erster Auftritt

Straße

Lucentio und Tranio treten auf.

Lucentio. Tranio, du weißt, wie mich der heiße Wunsch,
Padua zu sehn, der Künste schöne Wiege,
In die fruchtbare Lombardei geführt,
Des herrlichen Italiens lust'gen Garten;
Und rüstig durch des Vaters Lieb' und Urlaub,
Von seinen Wünschen und von dir begleitet,
Höchst treuer Diener, wohl geprobt in allem,
Laßt uns, hier angelangt, mit Glück beginnen
Die Bahn des Lernens und geistreichen Wissens.
Pisa, berühmt durch angesehne Bürger,
Gab mir das Dasein, und dort lebt mein Vater,
Ein Kaufmann, wohlbekannt der ganzen Welt,
Vincentio, vom Geschlecht der Bentivogli.
Vincentios Sohn, in Florenz auferzogen,
Geziemt's, des Vaters Hoffnung zu erfüllen.
Des Reichtums Glanz durch edles Tun zu zieren.
So weih' ich, Tranio, des Studierens Zeit
Der Tugend und Philosophie allein,
Jener Philosophie, die uns belehrt,
Wie Glück durch Tugend nur erworben wird.
Wie denkst du nun? Verließ ich Pisa nicht
Und kam nach Padua, wie ein Mann verläßt
Den seichten Bach, sich in den Strom zu werfen,
Um recht aus Fülle seinen Durst zu löschen?

Tranio. Mi perdonate, lieber junger Herr;
Ich denk' in allem gradeso wie Ihr,
Froh, daß Ihr fest bei Eurem Vorsatz bleibt,
Der süßen Weisheit Süßigkeit zu saugen.
Nur, guter Herr, indem wir so bewundern
Die Tugend und die Strenge der Moral,
Laßt uns nicht Stoiker, nicht Stöcke sein,
Nicht so vertieft in Aristoteles,
Daß Ihr Ovid als sündlich ganz verschwört.
Sprecht Logik mit den Freunden, die Ihr seht,
Und übt Rhetorik in dem Tischgespräch;
Treibt Dichtkunst und Musik, Euch zu erheitern;
Und Metaphysik und Mathematik,
Die tischt Euch auf, wenn Ihr Euch hungrig fühlt;
Was Ihr nicht tut mit Lust, gedeiht Euch nicht;
Kurz, Herr, studiert, was Ihr am meisten liebt.

Lucentio. Bedankt sei, Tranio, denn du rätst mir gut.
Wär' doch Biondello nur erst angelangt,
Wir könnten bald hier eingerichtet sein,
Und Wohnung mieten, groß genug für Freunde,
Die ich in Padua mir erwerben werde.
Doch warte noch – was kommen da für Leute?

Tranio. Ein Aufzug, von der Stadt, uns zu begrüßen.

__Baptista, Katharina, Bianka, Gremio__ und __Hortensio__ treten auf.

(Lucentio und Tranio gehn auf die Seite.)

Baptista. Nein, werte Herren, drängt mich ferner nicht,
Denn was ich fest beschlossen, wißt ihr jetzt,
Das heißt, mein jüngres Kind nicht zu vermählen,
Eh ich der Ältsten einen Mann geschafft.

Liebt einer von euch beiden Katharinen,
(Denn beide kenn' ich wohl, und will euch wohl)
So steht's euch frei, nach Lust um sie zu frein.

Gremio. Befreit mich von *dem* Frein, sie ist zu rauh.
Da nehmt, Hortensio! – Braucht Ihr was von Frau?

Katharina. Ich bitt' Euch, Vater, ist's Eu'r Wille, so
Mich auszuhökern allen diesen Kunden?

Hortensio. Kunden, mein Kind? Dir kommt als Kundschaft keiner,
Du mußt erst mildern, sanftern Sinn verkünden.

Katharina. Ei, laßt Euch drum nicht graue Haare wachsen,
Ihr seid noch meilenweit von ihrem Herzen.
Und hättet Ihr's, gewiß sie sorgte schon,
Den Schopf Euch mit dreibein'gem Stuhl zu bürsten,
Und schminkt' Euch das Gesicht wie den Hanswürsten.

Hortensio. Vor solchen Teufeln, lieber Gott, bewahr uns.

Gremio. Mich auch, du lieber Gott!

Tranio. Seht, junger Herr, was hier sich für ein Spaß weist!
Die Dirn' ist toll, wo nicht, gewaltig nasweis.

Lucentio. Doch sieh, wie in der andern sanftem Schweigen
Sich jungfräuliche Mild' und Demut zeigen.

Tranio. Gut, junger Herr! Mum! gafft Euch nur recht satt!

Baptista. Ihr, meine Herren, damit ich gleich erfülle,
Was ich gesagt – geh Bianka, nun hinein!
Und laß dich's nicht berühren, gute Bianka,
Denn du bist mir deshalb nicht minder lieb.

Katharina. Ein zierlich Püppchen! lieber gar geheult,
Wüßtest du nur, warum?

Bianka. Vergnüg dich nur an meinem Mißvergnügen.
Herr, Eurem Willen füg' ich mich in Demut.
Gesellschaft sei'n mir meine Laut' und Bücher,
Durch Lesen und Musik mich zu erheitern.

Lucentio. O Tranio? Hörst du nicht Minerva sprechen"

Hortensio. Wollt Ihr so wunderlich verfahren, Herr?
Es dauert mich, daß Bianka leiden muß
Durch unsre Liebe.

Gremio. Was? Ihr sperrt sie ein,
Signor Baptist, um diesen höll'schen Teufel,
Und straft der andern böse Zung' an ihr?

Baptista. Ihr Herrn, beruhigt euch, ich bin entschlossen,
Geh nur, mein Kind. *(Bianka geht.)*
Und weil ich weiß, sie hab' am meisten Freude
An Poesie, Musik und Instrumenten,
Will ich Lehrmeister mir im Hause halten
Zur Bildung ihrer Jugend. Ihr, Hortensio,
Und Signor Gremio, wißt ihr irgendeinen,
So schickt ihn zu mir, denn gelehrten Männern
Erzeig' ich Freundlichkeit und spare nichts,
Recht sorgsam meine Kinder zu erziehn.
Und so lebt wohl. Du, Katharina, bleibe,
Ich habe mehr mit Bianka noch zu reden. *(Ab.)*

Katharina. Meint Ihr? Nun ich denk', ich geh' wohl auch. Ei seht doch!
Was! Wollt Ihr mir die Zeit vorschreiben? Weiß ich denn
Nicht selber, was ich tun und lassen soll? Ha! *(Ab.)*

Gremio. Geh du nur zu des Teufels Großmutter!
Deine Talente sind so herrlich, daß keiner dich hier zu halten

begehrt! – Unser beider Liebe ist nicht so groß, Hortensio, daß wir ihretwegen nicht stehn und auf unsre Nägel blasen und passen könnten. Unser Kuchen ist noch zäh auf beiden Seiten. Lebt wohl, aber aus Liebe zu meiner holden Bianka will ich doch, wenn ich's irgendwo vermag, einen geschickten Mann finden, der ihr Unterricht erteilen kann, in dem was sie erfreut, und ihn zu ihrem Vater senden.

Hortensio. Das will ich auch, Signor Gremio. Aber noch ein Wort, ich bitte Euch! Obgleich unsre Mißhelligkeit bisher keine Verabredung unter uns gestattet hat, so laßt uns jetzt nach besserm Rat bedenken, daß uns beiden daran gelegen sei (damit wir wieder Zutritt zu unserer schönen Gebieterin erhalten und glückliche Nebenbuhler in Biankas Liebe werden können) vornehmlich *eine* Sache zu betreiben und zustande zu bringen.

Gremio. Welche wäre das, ich bitte Euch?

Hortensio. Ei nun, ihrer Schwester einen Mann zu schaffen.

Gremio. Einen Mann? Einen Teufel!

Hortensio. Ich sage einen Mann.

Gremio. Ich sage einen Teufel. Meinst du denn, Hortensio, daß, obgleich ihr Vater sehr reich ist, jemand so verrückt sein sollte, die Hölle zu heiraten?

Hortensio. Geht doch, Gremio! Wenn es gleich Eure und meine Geduld übersteigt, ihr lautes Toben zu ertragen, so gibt's doch gutgesinnte Leute, liebster Freund (wenn sie nur zu finden wären), die sie mit allen ihren Fehlern und dem Gelde obendrein wohl nehmen würden.

Gremio. Das mag sein, aber ich nähme ebenso gern ihre Aussteuer mit der Bedingung, alle Morgen am Pranger gestäupt zu werden.

Hortensio. Ja, wie Ihr sagt; unter faulen Äpfeln gibt's nicht viel Wahl. Aber wohlan, da dieser Querstrich uns zu Freunden gemacht, so laßt uns auch so lange freundschaftlich zusammenhalten, bis wir Baptistas ältester Tochter zu einem Mann verholfen, und dadurch die jüngste für einen Mann frei gemacht haben; und dann wieder frisch daran! – Liebste Bianka! Wer das Glück hat, führt die Braut heim, wer am schnellsten reitet, sticht den Ring. Was meint Ihr, Signor Gremio?

Gremio. Ich bin's zufrieden, und ich wollte, ich hätte dem schon das beste Pferd in Padua geschenkt, um damit auf die Freite zu reiten, der sie tüchtig frein, nehmen und zähmen wollte, und das Haus von ihr befreien. Kommt, laßt uns gehen. *(Gremio und Hortensio ab.)*

Tranio. Ich bitt' Euch, sagt mir, Herr, ist es denn möglich?
Kann so geschwind die Lieb' in Bande schlagen?

Lucentio. O Tranio, bis ich's an mir selbst erfahren,
Hielt ich es nie für möglich, noch zu glauben.
Doch sieh, weil ich hier müßig stand und schaute,
Fand ich die Kraft der Lieb' im Müßiggang.
Und nun gesteh' ich's ehrlich offen dir,
Der du verschwiegen mir und teuer bist,
(Wie Anna war der Königin Karthagos)
Tranio! ich schmacht', ich brenn', ich sterbe, Tranio,
Wird nicht das sanfte Kind mir anvermählt.
Rate mir, Tranio! denn ich weiß, du kannst es.
Hilf mir, Tranio! denn ich weiß, du willst es.

Tranio. Mein junger Herr, jetzt ist nicht Zeit zu schelten,
Verliebte Neigung schmält man nicht hinweg,

Hat Lieb' Euch unterjocht, so steht es so:
Redime te captum quam queas minimo.

Lucentio. Hab Dank, mein Bursch; nur weiter; dies vergnügt;
Trost sprichst du mir, ersprießlich ist dein Rat.

Tranio. Ihr war't im Anschaun so verloren, Herr,
Und habt wohl kaum das Wichtigste bemerkt?

Lucentio. O ja! Ich sah von holdem Liebreiz strahlen
Ihr Antlitz, wie Agenors Tochter einst,
Als Jupiter, gezähmt von ihrer Hand,
Mit seinen Knien küßte Kretas Strand.

Tranio. Bemerktet Ihr nur das? Nicht, wie die Schwester
Zu schmähn begann und solchen Sturm erregte,
Daß kaum ein menschlich Ohr den Lärm ertrug?

Lucentio. Ich sah sie öffnen die Korallenlippen,
Und wie ihr Hauch die Luft umher durchwürzte.
Lieblich und süß war alles, was ich sah.

Tranio. Ei, nun wird's Zeit, ihn aus dem Traum zu schütteln.
Erwacht doch, Herr! Wenn Ihr das Mädchen liebt,
So denkt sie zu gewinnen. Also steht's:
Die ältste Schwester ist so bös und wild,
Daß, bis der Vater sie hat losgeschlagen,
Eu'r Liebchen unvermählt zu Hause bleibt.
Und darum hat er eng sie eingesperrt,
Damit kein Freier sie beläst'gen soll.

Lucentio. Ach, Tranio! Wie so grausam ist der Vater!
Doch, hast du nicht gemerkt, wie er gesonnen,
Ihr hochverständ'ge Lehrer zuzuführen?

Tranio. Das hört' ich, Herr, und fertig ist mein Plan.

Lucentio. Tranio, nun hab' ich's!

Tranio. Lieber Herr, halbpart!
Denn unsre List, merk' ich, beut sich die Hand.

Lucentio. Sag deine erst.

Tranio. Ihr wollt Hauslehrer sein
Und Euch zum Unterricht der Liebsten melden;
War es nicht so?

Lucentio. So war's. Und geht es an?

Tranio. Unmöglich geht's. Wer sollte denn, statt Eurer,
Vicentios Sohn vorstellen hier in Padua?
Haushalten, Studien treiben, Freunde sehn,
Die Landsmannschaft besuchen und traktieren?

Lucentio. Basta! Sei still, mein Plan ist ganz geschlossen.
Man hat in keinem Haus uns noch gesehn,
Und niemand unterscheidet am Gesicht,
Wer Herr, wer Diener ist; und daraus folgt,
Du sollst an meiner Statt als Herr gebieten,
Statt meiner Haus und Staat und Leute halten,
Ich will ein andrer sein, ein Reisender
Aus Florenz, aus Neapel oder Pisa.
Geschmiedet ist's. Gleich, Tranio, laß uns tauschen.
Nimm meinen Federhut und Mantel hier,
Sobald Biondello kommt, bedient er dich,
Doch erst mach' ich ihn stumm, daß er nicht schwatzt.

(Sie tauschen die Kleider.)

Tranio. So muß es sein.
In Summa, Herr, da es Euch so gefällt,
Und meine Pflicht es ist, Euch zu gehorchen,

(Denn das gebot Eu'r Vater mir beim Abschied:
„Sei meinem Sohne stets zu Dienst“, so sprach er,
Wiewohl ich glaube, daß er's so nicht meinte.)
Geb' ich Euch nach, und will Lucentio sein,
Weil ich mit treuem Sinn Lucentio liebe.

Lucentio. So sei es, Tranio, weil Lucentio liebt.
Ich werd' ein Knecht, dies Mädchen zu gewinnen,
Die mein verwundet Aug' in Fesseln schlug.

__Biondello__ kommt.

Lucentio. Hier kommt der Schlingel. Kerl, wo stecktest du?

Biondello. Wo ich gesteckt? Nein, sagt, wo steckt Ihr selbst?
Stahl Tranio, mein Kam'rad, die Kleider Euch?
Ihr ihm die seinen? oder beide? sprecht doch!

Lucentio. Hör, guter Freund, es ist nicht Zeit zu spaßen,
Drum stelle dich, so wie die Zeit es fordert.
Dein Kam'rad hier, mein Leben mir zu retten,
Legt meinen Rock und äußern Anschein an,
Und ich, um zu entfliehen, nahm die seinen.
Kaum angelangt erschlug ich im Gezänk
Hier einen Mann, und fürcht', ich bin erkannt.
Bedien ihn, wie sich's ziemt, befehl' ich dir,
Zu meiner Rettung mach' ich schnell mich fort.
Verstehst du mich?

Biondello. Ich, Herr? Auch nicht ein Jota.

Lucentio. Kein Wort von Tranio komm' aus deinem Mund.
Tranio in Zukunft heißt Lucentio.

Biondello. Ich wünsch' ihm Glück, ich möcht' es auch wohl so.

Tranio. Den Wunsch nahm ich dir weg, mein Freund, vermocht' er,
Lucentio zu verleihn Baptistas Tochter.
Doch Bursch, nicht meinethalben – es gilt des Plans Vollführen,
Laß stets nun in Gesellschaft die Klugheit dich regieren.
Sind wir allein, nun wohl, da bin ich Tranio,
Doch wo uns Leute sehn, dein Herr Lucentio.

Lucentio. Tranio, nun komm.
Noch eins ist übrig, das mußt du vollbringen;
Sei auch ein Freier, dann ist alles richtig.
Frag nicht weshalb; mein Grund ist sehr gewichtig. *(Alle ab.)*

Erster Diener. Mylord, Ihr nickt, Ihr merkt nicht auf das Spiel?

Schlau. Ja doch, bei Sankt Annen, es ist eine hübsche Geschichte. Kommt noch mehr davon?

Page. Mylord, es fing erst an.

Schlau. Es ist ein schön Stück Arbeit, Madam Frau; – Ich wollt', es wär' erst aus.

Zweiter Auftritt

Andere Straße

***Petruchio** und **Grumio** treten auf.*

Petruchio. Verona, lebe wohl auf kurze Zeit,
Die Freund' in Padua will ich sehn; vor allen
Den Freund, der mir der liebst' und nächste ist,
Hortensio, und dies, denk' ich, ist sein Haus.
Hier Grumio, Bursche, klopfe, sag' ich dir.

Grumio. Klopfen, Herr? Wen sollt' ich klopfen? Ist hier jemand, der Euer Edeln exultiert hat?

Petruchio. Schlingel, ich sage, klopf mir hier recht derb.

Grumio. Euch hier klopfen, Herr? Ach, wer bin ich, daß ich Euch hier klopfen sollte?

Petruchio. Schlingel, ich sage, klopf mir hier ans Tor,
Und hol gut aus, sonst schlag' ich dich aufs Ohr.

Grumio. Mein Herr sucht, glaub' ich, Händel! gelt daß ich's nicht probiere,
Ich wüßte, wer am Ende am schlimmsten dabei führe.

Petruchio. Sag, machst du bald? Sieh, Kerl, wenn du nicht klopfst,
So schell' ich selbst; da, nimm aufs Maul die Schelle,
Und sing mir dein Sol FaFa Sol, aus der italienischen Tonleiter.hier auf der Stelle.

(Zieht den Grumio an den Ohren.)

Grumio. Helft, Leute, helft, mein Herr ist toll geworden!

Petruchio. Nun klopf ein andermal, wenn ich's dir sage!

***Hortensio** kommt.*

Hortensio. Was nun? Was gibt's? – Mein alter Freund Grumio? Und mein lieber Freund Petruchio? Was macht ihr alle in Verona?

Petruchio. Signor Hortensio, kommt Ihr, zu schlichten diesen Strauß?
Con tutto il cuore bene trovato, ruf' ich aus.

Hortensio. Alla nostra casa ben venuto molto onorato Signor mio Petruchio. Grumio, steh auf, wir müssen Frieden stiften.

Grumio. Ach! was er da auf lateinisch vorträgt, wird's nicht in Ordnung bringen. – Wenn das kein rechtmäßiger Grund für mich ist, seinen Dienst zu verlassen! – Hört Ihr, Herr, er sagt zu mir, ich soll ihn klopfen; ich soll nur tüchtig ausholen, Herr; nun seht selbst, kam es einem Diener zu, seinem Herrn so zu begegnen, da er noch dazu eben ausgespielt hatte, und ich war in der Hinterhand?
Und tat ich nur, was er befahl in Eil',
Dann kam auf Grumio nicht der schlimmste Teil.

Petruchio. Ein unvernü'nft'ger Bursch; seht nur, Hortensio,
Ich hieß den Schurken klopfen an das Tor,
Und konnt' es nicht um alle Welt erlangen.

Grumio. Du lieber Himmel! Klopfen an das Tor!
Spracht Ihr nicht deutlich so: Kerl, klopf mich hier,
Hol aus und klopf mich derb! und klopf mich tüchtig!
Und kommt Ihr jetzt mit „klopf mir hier ans Tor?“

Petruchio. Bursch, pack dich oder schweig, das rat' ich dir.

Hortensio. Geduld, Petruchio, ich bin Grumios Anwalt.
Das ist ein schlimmer Fall ja zwischen dir
Und deinem alten, lust'gen, treuen Grumio! –
Und sag mir nun, mein Freund, welch günst'ger Wind
Blies dich nach Padua von Verona her?

Petruchio. Der Wind, der durch die Welt die Jugend treibt,
Sich Glück woanders, als daheim, zu suchen,
Wo uns Erfahrung spärlich reift. In kurzem,
Lieber Hortensio, steht es so mit mir:
Antonio, mein Vater, ist gestorben;
Nun treib' ich auf Geratewohl mich um,
Vielleicht zu frein und zu gedeihn, wie's geht;

Im Beutel hab' ich Gold, daheim die Güter,
Und also reist' ich aus, die Welt zu sehn.

Hortensio. Petruchio, soll ich nun dir ohne Umschweif
Zu einer zänk'schen Frau verhelfen?
Du würd'st mir wenig danken solchen Rat,
Und doch versprech' ich dir, reich soll sie sein,
Und zwar sehr reich; indes du bist mein Freund,
Ich will sie dir nicht wünschen.

Petruchio. Signor Hortensio, unter alten Freunden
Braucht's wenig Worte. Weißt du also nur
Ein Mädchen, reich genug, mein Weib zu werden,
(Denn Gold muß klingen zu dem Hochzeittanz)
Sei sie so häßlich als Florentius' Schätzchen,
Alt wie Sibylle, zänkisch und erbost
Wie Sokrates' Xanthippe, ja noch schlimmer,
Ich kehre mich nicht dran, und nichts bekehrt
Zu andrer Meinung mich, und tobt sie, gleich
Dem Adriat'schen Meer, von Sturm gepeitscht.
Ich kam zur reichen Heirat her nach Padua,
Wenn reich, kam ich zum Glück hierher nach Padua.

Grumio. Nun seht, lieber Herr, er sagt's Euch wenigstens klar heraus, wie er denkt. Ei, gebt ihm nur Gold genug und verheiratet ihn mit einer Marionette, oder einem Haubenblock, oder einer alten Schachtel, die keinen Zahn mehr im Munde hat, hätte sie auch so viel Krankheiten als zweiundfünfzig Pferde; nichts bringt ihm Angst, wenn's ihm nur Geld bringt.

Hortensio. Petruchio, da wir schon so weit gediehn,
So setz' ich fort, was ich im Scherz begann.
Ich kann, Petruchio, dir ein Weib verschaffen

Mit Geld genug, und jung und schön dazu,
Erzogen, wie's der Edelfrau geziemt;
Ihr einz'ger Fehl – und das ist Fehls genug –
Ist, daß sie unerträglich bös und wild,
Zänkisch und trotzig über alles Maß,
Daß, wär' auch mein Besitz noch viel geringer,
Ich nähm' sie nicht um eine Mine Goldes.

Petruchio. O still, du kennst die Kraft des Goldes nicht!
Sag ihres Vaters Namen, das genügt.
Ich mach' mich an sie, tobte sie so laut,
Wie Donner, wenn im Herbst Gewitter kracht.

Hortensio. Ihr Vater ist Baptista Minola,
Ein freundlicher und sehr gefäll'ger Mann;
Ihr Name Katharina Minola,
Berühmt in Padua als die schlimmste Zunge.

Petruchio. Sie kenn' ich nicht, doch ihren Vater kenn' ich,
Und dieser war bekannt mit meinem Vater.
Ich will nicht schlafen, bis ich sie gesehn,
Und drum verzeih, daß ich so gradezu
Dich gleich beim ersten Wiedersehn verlasse,
Wenn du mich nicht dahin begleiten willst.

Grumio. Ich bitt' Euch, Herr, laßt ihn gehn, solange der Humor bei ihm dauert. Mein Seel, wenn sie ihn so kennte, wie ich, so wüßte sie, daß Zanken wenig gut bei ihm tut. Mag sie ihn meinetwegen ein Stücker zwanzigmal Spitzbube nennen, oder so etwas, ei, das tut ihm nichts. Aber wenn *er* nachher anfängt, so geht's durch alle Register. Ich will Euch was sagen, Herr, nimmt sie's nur irgend mit ihm auf, so wird er ihr eine Figur in das

Angesicht zeichnen und sie so defigurieren, daß sie nicht mehr Augen behält als eine Katze. Ihr kennt ihn noch nicht, Herr!

Hortensio. Wart nur, Petruchio, ich will mit dir gehn.
Baptista ist der Wächter meines Schatzes,
Der meiner Seele Kleinod aufbewahrt,
Die schöne Bianka, seine jüngste Tochter.
Und die entzieht er mir und vielen andern,
Die Nebenbuhler sind in meiner Liebe,
Weil er's unmöglich glaubt und unerhört,
(Um jene Fehler, die ich dir genannt)
Daß jemand könnt' um Katharinen werben.
Drum hat Baptista so es angeordnet,
Daß keiner je bei Bianka Zutritt findet,
Bis er sein zänkisch Käthchen erst vermählt.

Grumio. Sein zänkisch Käthchen!
Der schlimmste Nam' aus allen für ein Mädchen!

Hortensio. Nun, Freund Petruchio, tu mir einen Dienst,
Und stell mich, in ein schlicht Gewand verkleidet,
Baptista vor, als wohlerfahrnen Meister,
Um Bianka in Musik zu unterrichten.
So schafft ein Kunstgriff mir Gelegenheit
Und Muß', ihr meine Liebe zu entdecken,
Und unerkannt um sie mich zu bewerben.

Grumio. Das ist keine Schelmerei! Seht nur, wie das junge Volk die Köpfe zusammensteckt, um die Alten anzuführen. Junger Herr, junger Herr, seht Euch einmal um; wer kommt da? He?

Hortensio. Still, Grumio! Es ist mein Nebenbuhler.
Petruchio, tritt beiseit'. *(Sie gehn auf die Seite.)*

Gremio und Lucentio treten auf, letzterer verkleidet, mit Büchern unter dem Arm.

Grumio. Ein art'ger Milchbart! Recht ein Amoroso!

Gremio. O recht sehr gut! Ich las die Liste durch,
Nun, sag' ich, laßt sie mir recht kostbar binden,
Und lauter Liebesbücher, merkt das ja,
Ihr müßt durchaus kein andres mit ihr lesen.
Versteht Ihr mich? Dann will ich, außer dem,
Was Euch Signor Baptistas Großmut schenkt,
Euch wohl bedenken. Die Papiere nehmt,
Laßt sie mit süßem Wohlgeruch durchräuchern
Denn sie ist süßer noch als Wohlgeruch,
Der sie bestimmt. – Was wollt Ihr mit ihr lesen?

Lucentio. Was ich auch les', ich führe Eure Sache,
Als meines Gönners, dessen seid gewiß,
So treu, als ob Ihr selbst zugegen wär't.
Ja, und vielleicht mit noch wirksamern Worten,
Wenn Ihr nicht etwa ein Gelehrter seid.

Gremio. O Wissenschaft! Was für ein Segen bist du!

Grumio. O Schnepfenhirn! Was für ein Esel bist du!

Petruchio. Schweig, Kerl.

Hortensio. Still, Grumio! – Gott zum Gruß, Herr Gremio!

Gremio. Euch gleichfalls, Herr Hortensio. Ratet Ihrs,
Wohin ich gehe? Zu Baptista Minola.
Ich gab mein Wort, mich sorglich zu bemühn
Um einen Lehrer für die schöne Bianka.
Da traf ich's nun zu meinem Glück recht wohl
Mit diesem jungen Mann, der sich empfiehlt

Durch Kenntnis und Geschick. Er liest Poeten
Und andre Bücher, und zwar gute, glaubt mir.

Hortensio. Das freut mich sehr. Ich sagt' es einem Freund,
Der will mir einen feinen Mann empfehlen
Zum Lehrer der Musik für unsre Herrin.
So bleib' ich denn in keinem Punkt zurück
Im Dienst der schönen Bianka, die ich liebe.

Gremio. Ich liebe sie, das soll die Tat beweisen.

Grumio. Der Beutel soll's beweisen.

Hortensio. Gremio, nicht Zeit ist's, jetzt von Liebe schwatzen;
Hört mich, und wenn Ihr gute Worte gebt,
Erzähl' ich, was uns beide nah betrifft.
Hier ist ein Herr, den ich zufällig fand,
Der, weil mit uns sein eigner Vorteil geht,
Sich um das böse Käthchen will bewerben,
Ja, und sie frein, ist ihm die Mitgift recht.

Gremio. Ein Wort! – ein Mann, wär' herrlich!
Hortensio, weiß er ihre Fehler alle?

Petruchio. Ich weiß, sie ist ein trotzig, störrisch Ding,
Ist's weiter nichts? Ihr Herrn, was ist da schlimm?

Gremio. Nicht schlimm, mein Freund? Was für ein Landsmann seid Ihr?

Petruchio. Ich bin ein Verones', Antonios Sohn.
Mein Vater starb, doch blieb sein Geld mir leben,
Das soll mir noch viel gute Tage geben.

Gremio. Nein, gute Tage nicht mit solcher Plage.
Doch habt Ihr solch Gelüst, in Gottes Namen!

Behilflich will ich Euch in allem sein.
Und um die wilde Katze wollt Ihr frein?

Petruchio. Ei, will ich leben?

Grumio *(beiseit)*.
Will er sie frein? Ja, oder ich will sie hängen.

Petruchio. Weshalb als in der Absicht kam ich her?
Denkt Ihr, ein kleiner Schall betäubt mein Ohr?
Hört' ich zuzeiten nicht den Löwen brüllen?
Hört' ich das Meer nicht, aufgeschwellt von Sturm,
Gleich wilden Ebern wüten, schweißbeschäumt?
Vernahm ich Feuerschlünde nicht im Feld,
In Wolken donnern Jovis schwer Geschütz?
Hab' ich in großer Feldschlacht nicht gehört
Trompetenklang, Roßwiehern, Kriegsgeschrei?
Und von der Weiberzunge schwatzt Ihr mir,
Die halb nicht gibt so harten Schlag dem Ohr,
Als die Kastanie auf des Landmanns Herd?
Popanze für ein Kind!

Grumio *(beiseit)*. Die scheut' er nie!

Gremio. Hortensio hört,
Zu unserm Besten ist der Herr gekommen,
Mir ahnet gutes Glück für uns und ihn.

Hortensio. Ich bürgte, daß wir ihm beisteuern wollten,
Und alle Kosten seiner Werbung tragen.

Gremio. Wohl! wenn Ihr sicher nur von ihrer Wahl seid . . .

Grumio *(beiseit)*.
Wär' mir so sicher nur 'ne gute Mahlzeit!

*Tranio, in stattlichen Kleidern, kommt mit **Biondello**.*

Tranio. Gott grüß' euch, meine Herrn! Ich bin so kühn,
Und bitt' Euch, mir den nächsten Weg zu zeigen
Zum Hause des Signor Baptista Minola.

Gremio. Zu dem, der die zwei schönen Töchter hat?
Sagt, meint Ihr den?

Tranio. Denselben. – He, Biondello!

Gremio. Hört, lieber Freund, Ihr meint doch wohl nicht sie . . .

Tranio. Sie oder ihn! Wer weiß! Was kümmert's Euch?

Petruchio. Nur nicht die Zänkrin, bitt' Euch, galt es der?

Tranio. Nach Zänkern frag' ich nicht, Bursch, komm nur her.

Lucentio *(beiseit)*.
Gut, Tranio!

Hortensio. Herr, ein Wort mit Euch allein!
Liebt Ihr das Mädchen? Sagt ja oder nein!

Tranio. Und wenn ich's täte, wär' es ein Verbrechen?

Gremio. Nein, wenn Ihr gehn wollt, ohne mehr zu sprechen.

Tranio. Daß mir nicht frei die Straße, hört' ich nie,
So gut wie Euch, mein Herr.

Gremio. Ja, doch nicht sie.

Tranio. Und warum nicht?

Gremio. Nun, wenn ein Grund Euch fehlt,
Weil Signor Gremio sie für sich erwählt.

Hortensio. Und auch Signor Hortensio wählte sie.

Tranio. Geduld, ihr Herrn, und seid ihr Edelleute,
Gönnt mir das Wort, hört mich gelassen an.

Baptista, weiß ich, ist ein edler Mann,
Dem auch mein Vater nicht ganz unbekannt.
Und wär' sein Kind noch schöner als sie ist,
Mag mancher um sie werben, und auch ich. –
Der schönen Leda Tochter liebten tausend,
So drängt zur schönen Bianka sich noch einer,
Und kurz, Lucentio wird als Freier bleiben,
Kommt Paris auch und hofft ihn zu vertreiben.

Gremio. Schaut! dieses Herrchen schwatzt uns all zu Tode.

Lucentio. Laßt ihm nur Raum, der Schluß wird lumpig sein.

Petruchio. Hortensio, sag, wohin das alles führt?

Hortensio. Mein Herr, nur eine Frag' erlaubt mir noch:
Habt Ihr Baptistas Tochter je gesehn?

Tranio. Nein, doch gehört, er habe deren zwei,
Die eine so berühmt als Keiferin,
Wie es als schön und sittsam ist die andre.

Petruchio. Herr, Herr, die ältst' ist mein, die laßt mir gehn!

Gremio. Ja, laßt die Arbeit nur dem Herkules,
Und schwerer sei sie ihm, als alle zwölf.

Petruchio. Laßt euch von mir, zum Kuckuck, das erklären.
Die jüngre Tochter, nach der ihr so angelt,
Verschließt der Vater allen Freiern streng
Und will sie keinem einz'gen Mann versprechen,
Bis erst die ältre Schwester angebracht;
Dann ist die jüngre frei, doch nicht vorher.

Tranio. Wenn es sich so verhält, daß Ihr es seid,
Der all uns fördert, mit den andern mich,
So brecht das Eis denn, setzt die Sache durch;

Holt Euch die Ältste, macht die Jüngre frei,
Daß wir ihr nahn. Und wer sie dann erbeutet,
Wird nicht so roh sein, nicht es zu vergelten.

Hortensio. Herr, Ihr sprecht gut und zeigt Euch sehr verständig,
Und weil Ihr nun als Freier zu uns kommt,
Müßt Ihr, wie wir, dem Herrn erkenntlich werden
Dem alle obenein verschuldet bleiben.

Tranio. Ich werde nicht ermangeln. Dies zu zeigen,
Ersuch' ich Euch, schenkt mir den heut'gen Abend,
Und zechen wir auf unsrer Damen Wohl.
Tun wir, gleich Advokaten im Prozeß,
Die tüchtig streiten, doch als Freunde schmausen.

Grumio *und* **Biondello**. Welch schöner Vorschlag! Kinder, laßt uns gehn!

Hortensio. Der Vorschlag in der Tat ist gut und sinnig
Petruchio, komm, dein Ben venuto bin ich. *(Alle ab.)*

ZWEITER AUFZUG

Erster Auftritt

Zimmer

Katharina *und* ***Bianka*** *treten auf.*

Bianka. Sieh, Schwester, mir und dir tust du zu nah,
Wenn du mich so zur Magd und Sklavin machst.
Das nur beklag' ich. Was den Putz betrifft,
Mach los die Hand, so werf ich selbst ihn weg,

Mantel und Oberkleid, bis auf den Rock.
Und was du mir befiehlst, ich will es tun,
So wohl weiß ich, was ich der Ältern schuldig.

Katharina. Von deinen Freiern sage, ich befehl's dir,
Wer ist der liebste dir? und nicht gelogen!

Bianka. Glaub mir, o Schwester, unter allen Männern
Sah ich noch nie so auserwählte Züge,
Daß einer mehr als andre mir gefallen.

Katharina. Schätzchen, du lügst. Ist's nicht Hortensio?

Bianka. Wenn du ihm gut bist, Schwester, schwör' ich dir,
Ich rede selbst für dich, daß du ihn kriegst.

Katharina. Aha! ich merke schon, du wärst gern reich,
Du willst den Gremio, um in Pracht zu leben!

Bianka. Wenn er es ist, um den du mich beneidest,
O dann ist's Scherz, und nun bemerk' ich auch,
Du spaßest nur mit mir die ganze Zeit.
Ich bitt' dich, Schwester Käthchen, bind mich los.

Katharina. Wenn *das* ein Scherz ist, so war alles Spaß.

(Schlägt sie.)

***Baptista** tritt auf.*

Baptista. He, halt, du Drache! Was soll diese Bosheit?
Bianka, hierher! Das arme Kind, es weint!
Bleib doch beim Nähn, gib dich mit ihr nicht ab.
Pfui! schäme dich, du böse Teufelslarve!
Was kränkst du sie, die dich noch nie gekränkt?
Wann hat sie dir ein bittres Wort entgegnet?

Katharina. Ihr Schweigen höhnt mich, und ich will mich rächen.

(Springt auf Bianka zu.)

Baptista. Was! mir vor Augen? Bianka, geh hinein!

(Bianka ab.)

Katharina. Wollt Ihr mir das nicht gönnen? Ja, nun seh' ich's.
Sie ist Eu'r Kleinod, sie muß man vermählen,
Ich muß auf ihrer Hochzeit barfuß tanzen,
Weil Ihr sie liebt, Affen zur Hölle führen!
Sprecht nicht mit mir, denn ich will gehn und weinen,
Bis mir Gelegenheit zur Rache wird. *(Ab)*.

Baptista. Hat je ein Hausherr *den* Verdruß empfunden?
Doch wer kommt hier?

***Gremio** mit **Lucentio** in geringer Kleidung; **Petruchio** mit **Hortensio** als Musiklehrer; und **Tranio** mit **Biondello**, der eine Laute und Bücher trägt, treten auf.*

Gremio. Guten Morgen, Freund Baptista.

Baptista. Freund Gremio, guten Morgen! Ihr Herrn, Gott grüß euch.

Petruchio. Euch gleichfalls, Herr. Habt Ihr nicht eine Tochter,
Genannt Kathrina, schön und tugendhaft?

Baptista. Ich hab 'ne Tochter, genannt Kathrina.

Gremio. Ihr seid zu derb, beginnt den Spruch nach Ordnung.

Petruchio. Mischt Euch nicht drein, Herr Gremio, laßt mich machen.
Ich bin ein Edler aus Verona, der
Durch ihrer Schönheit Ruf und ihres Geistes,
Leutseligkeit und höchst sittsamer Demut,

Des wundersamen Werts, sanften Betragens,
Gelockt, als Gast sich einzudrängen wagt
In Euer Haus, damit mein Aug' erfahre
Die Wahrheit des, was ich so oft gehört.
Und als das Angeld der Bewillkommnung
Bring ich Euch diesen meinen Diener hier,
(stellt den Hortensio vor)
Erfahren in Musik und Mathematik,
Um dieses Wissen gründlich sie zu lehren,
In dem sie, wie ich weiß, nicht unerfahren.
Schlagt mir's nicht ab, Ihr würdet sonst mich kränken;
Sein Nam' ist Licio, und er stammt aus Mantua.

Baptista. Ihr seid willkommen, er um Euretwillen.
Doch meine Tochter Katharin', ich weiß es,
Paßt nicht für Euch, zu meinem großen Kummer.

Petruchio. Ich seh', Ihr wollt Euch ungern von ihr trennen;
Vielleicht ist Euch mein Wesen auch zuwider?

Baptista. Versteht mich recht, ich sprach so, wie ich denke.
Von woher kommt Ihr, Herr? Wie nenn' ich Euch?

Petruchio. Petruchio ist mein Nam', Antonios Sohn.
In ganz Italien war der wohlbekannt.

Baptista. Ich kannt' ihn wohl, drum seinethalb willkommen!

Gremio. Eu'r Recht in Ehren, Herr Petruchio, laßt
Uns arme Freier auch zu Worte kommen,
Cospetto! Ihr seid hurtig bei der Hand!

Petruchio. Laßt, Herr, ich muß es zu beenden suchen.

Gremio. So scheint's, doch mögt Ihr einst dem Werben fluchen!
Nachbar, diese Aufmerksamkeit ist Euch sehr angenehm, davon

bin ich überzeugt. Um Euch meinerseits die gleiche Höflichkeit zu erweisen, (der ich von Euch höflicher behandelt worden bin als irgend jemand), so nehme ich mir die Freiheit, Euch diesen jungen Gelehrten zu übergeben *(stellt Lucentio vor)*, welcher lange Zeit in Reims studiert hat, und ebenso erfahren ist im Griechischen, Lateinischen und andern Sprachen, als jener in Musik und Mathematik. Sein Name ist Cambio, ich bitte, genehmigt seine Dienste.

Baptista. Tausend Dank, Signor Gremio. Willkommen, lieber Cambio. *(Zu Tranio.)* Aber, werter Herr, Ihr geht wie ein Fremder; darf ich so kühn sein, nach der Ursach' Eures Hierseins zu fragen?

Tranio. Verzeiht, Signor, denn Kühnheit ist's von mir,
Daß ich, ein Fremder noch in dieser Stadt,
Mich gleich als Freier Eurer Tochter nenne,
Der tugendhaft gesinnten schönen Bianka.
Auch ist Eu'r fester Vorsatz mir bekannt,
Der Vorzug ihrer ältern Schwester gibt.
Das einz'ge, was ich bitt', ist die Erlaubnis,
Seid Ihr von meiner Herkunft unterrichtet,
Daß mit den andern Freiern Zutritt mir,
Aufnahm' und Gunst gleich allen sei gestattet.
Und zur Erziehung Eurer Töchter bracht' ich
Dies schlichte Instrument. Ich bitte, nehmt's,
Und ein'ge Bücher, Griechisch und Latein.
Groß ist ihr Wert, wenn Ihr sie nicht verschmäht.
Lucentio heiß' ich!

Baptista. Und von wannen kommt Ihr?

Tranio. Aus Pisa, edler Herr, Vincentios Sohn.

Baptista. Ein sehr geehrter Mann, ich kenn' ihn wohl
Nach seinem Ruf, und heiß' Euch sehr willkommen.
(Zum Hortensio.)
Nehmt Ihr die Laute – Ihr *(zum Lucentio)* dies Pack von Büchern;
Gleich sollt ihr eure Schülerinnen sehn.
He! Holla, drinnen!

Ein Diener kommt.

Baptista. Bursche, führ sofort
Die Herrn zu meinen Töchtern, sage beiden,
Sie sollen höflich ihren Lehrern sein.
(Diener, Hortensio, Lucentio und Biondello ab.)
Ich bitt' Euch, in den Garten mir zu folgen,
Und dann zum Essen. Ihr seid sehr willkommen,
Davon ist jeder, hoff' ich, überzeugt.

Petruchio. Signor Baptista, mein Geschäft hat Eil',
Ich kann nicht jeden Tag als Freier kommen.
Wohl kennt Ihr meinen Vater, mich in ihm,
Den einz'gen Erben seines Gelds und Guts,
Das ich vermehrt eh' als vermindert habe.
So sagt mir nun: erwürb' ich ihre Gunst,
Welch eine Mitgift bringt sie mir ins Haus?

Baptista. Nach meinem Tod die Hälfte meines Guts
Und gleich zur Stelle zwanzigtausend Kronen.

Petruchio. Und für erwähnte Mitgift sichr' ich ihr
Als Wittum, falls sie länger lebt als ich,
Was nur an Länderein und Höfen mein.
Laßt uns genauer schriftlich dies entwerfen,
Und gelte gegenseitig der Kontrakt.

Baptista. Doch was genau zuerst sich muß ergeben,
Das ist ihr Ja; denn das ist eins und alles.

Petruchio. Ei, das ist nichts; denn seht, ich sag' Euch, Vater,
Ist sie unbändig, bin ich toll und wild;
Und wo zwei wüt'ge Feuer sich begegnen,
Vertilgen sie, was ihren Grimm genährt.
Wenn kleiner Wind die kleine Flamme facht,
So bläst der Sturm schnell Feu'r und alles aus.
Das bin ich ihr, und so fügt sie sich mir,
Denn ich bin rauh und werbe nicht als Kind.

Baptista. Wirb dann mit Glück und möge dir's gelingen;
Doch rüste dich auf ein'ge harte Reden.

Petruchio. Auf Hieb und Stich; wie Berge stehn dem Wind,
Sie wanken nicht, und blies er immerdar.

Hortensio kommt zurück mit zerschlagnem Kopf.

Petruchio. Wie nun, mein Freund? Was machte dich so bleich?

Hortensio. Das tat die Furcht, wahrhaftig, ward ich bleich.

Baptista. Bringt's meine Tochter weit als Künstlerin?

Hortensio. Ich glaube, weiter bringt sie's als Soldat.
Eisen hält bei ihr aus, doch keine Laute.

Baptista. Kannst du sie nicht die Laute schlagen lehren?

Hortensio. Nein, denn sie hat die Laut' an mir zerschlagen.
Ich sagt' ihr, ihre Griffe sei'n nicht recht,
Und bog zur Fingersetzung ihr die Hand.
Als sie mit teuflisch bösem Geiste rief:
Griffe nennt Ihrs? Jetzt will ich richtig greifen!
Und schlug mich auf den Kopf mit diesen Worten,

Daß durch die Laut' er einen Weg sich bahnte.
So stand ich da, erschrocken und betäubt,
Wie durchs Halseisen schaut' ich durch die Laute,
Während sie tobt', und schalt mich lump'ger Fiedler,
Und Klimperhans, und zwanzig schlimme Namen,
Als hätte sie's studiert, mich recht zu schimpfen.

Petruchio. Nun, meiner Seel', es ist ein muntres Kind,
Nun lieb' ich zehnmal mehr sie als zuvor.
Wie sehn' ich mich, ein Stück mit ihr zu plaudern!

Baptista. Kommt, geht mit mir, und seid nicht so bestürzt,
Setzt mit der Jüngsten fort den Unterricht,
Sie dankt Euch guten Rat und ist gelehrig.
Signor Petruchio, wollt Ihr mit uns gehn,
Sonst schick' ich meine Tochter Käthchen her.

Petruchio. Ich bitt' Euch, tut's; ich will sie hier erwarten –
(Baptista, Tranio, Gremio und Hortensio ab.)
Und etwas dreist mich zeigen, wenn sie kommt.
Schmält sie, erwidr' ich ihr mit festem Ton,
Sie singe lieblich gleich der Nachtigall.
Blickt sie mit Wut, sag' ich, sie schaut so klar
Wie Morgenrosen, frisch vom Tau gewaschen.
Und bleibt sie stumm, und spricht kein einzig Wort,
So rühm' ich ihr behendes Sprechtalent,
Und sag', die Redekunst sei herzentzückend.
Sagt sie, ich soll mich packen, dank' ich ihr,
Als bäte sie mich, wochenlang zu bleiben,
Schlägt sie mich aus, so frag' ich nach dem Tag
Des Aufgebots, und wann die Hochzeit sei?
Da kommt sie schon! Und nun, Petruchio, sprich.

Katharina kommt.

Petruchio. Guten Morgen, Käthchen, denn so heißt Ihr, hör' ich.

Katharina. Ihr hörtet recht, und seid doch hart geöhrt,
Wer von mir spricht, nennt sonst mich Katharine.

Petruchio. Mein Seel, Ihr lügt, man nennt Euch schlechtweg Käthchen,
Das lust'ge Käthchen, auch das böse Käthchen.
Doch Käthchen, schmuckstes Käthchen in Europa,
Käthchen von Käthchenheim, du, Käthchen, goldnes,
(Dukätchen sind Dukaten, drum Goldkäthchen)
Erfahre denn, du Käthchen Herzenstrost,
Weil alle Welt mir deine Sanftmut preist,
Von deiner Tugend spricht, dich reizend nennt,
Und doch so reizend nicht als dir gebührt,
Hat mich's bewegt, zur Frau dich zu begehren!

Katharina. Bewegt? Ein seht! so bleibt nur in Bewegung,
Und macht, daß Ihr Euch baldigst heimbewegt;
Ihr scheint beweglich.

Petruchio. So? Was ist beweglich?

Katharina. Ein Feldstuhl.

Petruchio. Brav getroffen! Sitzt auf mir.

Katharina. Die Esel sind zum Tragen, so auch Ihr.

Petruchio. Die Weiber sind zum Tragen, so auch Ihr.

Katharina. Nicht solchen Narr'n als Euch, wenn Ihr mich meint.

Petruchio. Ich will dich nicht belasten, gutes Käthchen,
Denn weil du doch bis jetzt nur jung und leicht . . .

Katharina. Zu leicht gefüßt, daß solch ein Tropf mich hasche.
Allein so schwer Gewicht als mir gebührt,
Hab' ich trotz einer.

Petruchio. Sprichst du mir vom Habicht?

Katharina. Ihr fangt nicht übel.

Petruchio. Soll ich Habicht sein,
Und du die Ringeltaube?

Katharina. Zu den Tauben
Gehört Ihr selbst trotz Eurer großen Ohren,
Und dies mein Ringel ist wohl nicht für Euch.

Petruchio. Geh mir, du Wespe! du bist allzu böse!

Katharina. Nennt Ihr mich Wespe, fürchtet meinen Stachel.

Petruchio. Das beste Mittel ist, ihn auszureißen.

Katharina. Ja, wüßte nur der Narr, wo er versteckt.

Petruchio. Wer weiß nicht, wo der Wespe Stachel sitzt?
Im Schweif!

Katharina. Nein, in der Zunge.

Petruchio. In wessen Zunge?

Katharina. In Eurer, Zungendrescher, spitzer Stichler.

Petruchio. Was! Meine Zunge wär'dein Schweif? Nein, Käthchen,
Ich bin ein Edelmann . . .

Katharina. Das woll'n wir sehn. *(Schlägt ihn.)*

Petruchio. Mein Seel, du kriegst eins, wenn du noch mal schlägst!

Katharina. So mögt Ihr Eure Armatur verlieren.
Wenn Ihr mich schlügt, wär't Ihr kein Edelmann,
Wär't nicht armiert, und folglich ohne Arme.

Petruchio. Treibst du Heraldik? Trag mich in dein Buch.

Katharina. Was ist Eu'r Helmschmuck? Ist's ein Hahnenkamm?

Petruchio. Ein Hahn, doch kammlos bist du meine Henne.

Katharina. Kein Hahn für mich, Ihr kräht als mattes Hähnlein!

Petruchio. Komm, Käthchen, komm, du mußt nicht sauer sehn.

Katharina. 's ist meine Art, wenn ich Holzäpfel sehe.

Petruchio. Hier ist ja keiner, darum sieh nicht sauer.

Katharina. Doch, doch,

Petruchio. So zeig ihn mir!

Katharina. Ich habe keinen Spiegel!

Petruchio. Wie! Mein Gesicht? –

Katharina. So jung und schon so klug? –

Petruchio. Nun bei Sankt Georg, ich bin zu jung für dich!

Katharina. Doch schon verwelkt!

Petruchio. Aus Gram!

Katharina. Das grämt mich nicht.

Petruchio. Mein Käthchen, bleib, so nicht entkommst du mir.

Katharina. Nein, ich erbos' Euch, bleib' ich länger hier.

Petruchio. Nicht dran zu denken, du bist allerliebst!
Ich hörte, du seist rauh und spröd und wild,
Und sehe nun, daß dich der Ruf verleumdet,

Denn scherzhaft bist du, schelmisch, äußerst höflich,
Nicht schnellen Worts, doch süß wie Frühlingsblumen.
Du kannst nicht zürnen, kannst nicht finster blicken,
Wie böse Weiber tun, die Lippe beißen,
Du magst niemand im Reden überhaun,
Mit Sanftmut unterhältst du deine Freier,
Mit freundlichem Gespräch und süßen Phrasen. –
Was fabelt denn die Welt, daß Käthchen hinke?
O böse Welt! Sieh, gleich der Haselgerte
Ist Käthchen schlank und grad und braun von Farbe
Wie Haselnüss' und süßer als ihr Kern.
Laß deinen Gang mich sehn – Nein, du hinkst nicht!

Katharina. Geh, Narr, befiehl den Leuten, die du lohnst!

Petruchio. Hat je Diana so den Wald geschmückt,
Wie Käthchens königlicher Gang dies Zimmer?
O sei du Diana, laß sie Käthchen sein,
Und dann sei Käthchen keusch und Diana üppig,

Katharina. Wo habt Ihr die gelehrte Red' erlernt?

Petruchio. Ist nur ex tempore, mein Mutterwitz.

Katharina. O witz'ge Mutter! Witzlos sonst ihr Sohn!

Petruchio. Fehlt mir Verstand?

Katharina. Ihr habt wohl just so viel,
Euch warm zu halten.

Petruchio. Nun, das will ich auch
In deinem Bett, mein Käthchen. Und deshalb
Beiseite setzend alles dies Geschwätz,
Sag' ich Euch rundheraus: Eu'r Vater gibt
Euch mir zur Frau. Die Mitgift ward bestimmt,

Und wollt Ihr's oder nicht, Ihr werdet mein.
Nun, Käthchen, ich bin grad ein Mann für dich;
Denn bei dem Sonnenlicht, das schön dich zeigt,
Und zwar so schön, daß ich dir gut sein muß,
Kein andrer darf dein Ehmann sein als ich.
Ich ward geboren, dich zu zähmen, Käthchen,
Dich aus 'nem wilden Kätzchen zu 'nem Käthchen
Zu wandeln, zahm wie andre fromme Käthchen.
Dein Vater kommt zurück, nun sprich nicht nein,
Ich will und muß zur Frau Kathrinen haben.

Baptista, Gremio und Tranio kommen zurück.

Baptista. Nun, Herr Petruchio, sagt, wie geht es Euch
Mit meiner Tochter?

Petruchio. Nun, wie sonst als gut?
Wie sonst als gut? Unmöglich ging' es schlecht.

Baptista. Nun, Tochter Katharina? So verstört?

Katharina. Nennt Ihr mich Tochter? Nun, ich muß gestehn,
Ihr zeigtet mir recht zarte Vaterliebe,
Mir den Halbtollen da zum Mann zu wünschen!
Den Hans, den Flucher, wilden Renommisten,
Der's durchzusetzen denkt mit Schwadronieren!

Petruchio. Vater, so steht's: Ihr und die ganze Welt,
Wer von ihr sprach, der sprach von ihr verkehrt.
Tut sie so wild, so ist es Politik,
Denn beißend ist sie nicht, nein, sanft wie Tauben;
Nicht heißen Sinns, nein, wie der Morgen kühl.
Im Dulden kommt sie nach Griseldens Vorbild,
Und in der Keuschheit Roms Lukretia;

Und kurz und gut, wir stimmen so zusammen,
Daß nächsten Sonntag unsre Hochzeit ist.

Katharina. Eh' will ich nächsten Sonntag dich gehängt sehn.

Gremio. Petruchio, hört, sie will Euch eh' gehängt sehn!

Tranio. Nennt Ihr das gut gehn? Dann steht's schön mit uns!

Petruchio. Seid ruhig, Herrn, ich wählte sie für *mich*,
Wenn wir nur einig sind, was kümmert's euch?
Wir machten's aus, hier unter uns allein,
Daß in Gesellschaft sie sich böse stellt.
Ich sag euch, ganz unglaublich ist's fürwahr,
Wie sie mich liebt. O du holdsel'ges Käthchen!
Sie hing an meinem Hals, und Kuß auf Kuß
Ward aufgetrumpft, und Schwur auf Liebesschwur
So rasch, daß sie im Nu mein Herz gewann.
O ihr seid Schüler und das ist das Wunder,
Wie zahm, wenn Mann und Frau allein gelassen,
Der lahmste Wicht die tollste Spröde stimmt.
Käthchen, die Hand. Ich reise nach Venedig,
Zum Hochzeitstage Kleider mir zu kaufen,
Besorgt das Mahl, Herr Vater, ladet Gäste,
Ich weiß gewiß, mein Käthchen zeigt sich schmuck.

Baptista. Was soll ich dazu sagen? Gebt die Hand mir,
Gott schenk' Euch Glück, mein Sohn, ihr seid ein Paar!

Gremio *und* **Tranio**. Amen von ganzem Herzen! Wir sind Zeugen!

Petruchio. Vater und Braut und Freunde, lebt denn wohl,
Jetzt nach Venedig! Sonntag ist bald da,
Da braucht man Ring' und Ding' und bunte Schau.
Nun küß' mich, Sonntag bist du meine Frau.

(Petruchio und Katharina zu verschiedenen Seiten ab.)

Gremio. Ward je ein Paar so schnell zusammgekuppelt?

Baptista. Jetzt bin ich, Freund, in eines Kaufmanns Lage,
Da ich auf zweifelnd Glück verzweifelt wage.

Tranio. Doch lag die War' Euch lästig auf dem Hals,
Nun trägt sie Zinsen oder geht zugrund.

Baptista. Als Zins ist mir nur ihre Ruhe teuer.

Gremio. Gewiß, er kaufte sich 'nen ruh'gen Geier!
Doch nun, Baptista, denkt der jüngern Tochter;
Dies ist der Tag, den wir so lang ersehnt;
Ich bin Eu'r Nachbar, war der erste Freier.

Tranio. Und ich bin einer, der Bianka liebt,
Mehr als Gedanken raten, Worte zeugen.

Gremio. Mein Lieben ist dem Herzen ganz verschwistert.

Tranio. Graubart, dein Lieben friert.

Gremio. Und deines knistert.
Fort, Springinsfeld! das Alter ist gedeihlich!

Tranio. Doch Jugend nur dem Mädchensinn erfreulich.

Baptista. Zankt nicht, ihr Herrn. Ich will den Streit entscheiden;
Die Tat gewinnt den Preis. Wer von euch zwein
Das größte Wittum meiner Tochter sichert,
Soll Biankas Lieb' erhalten. –
Sagt, Signor Gremio, was könnt Ihr verschreiben?

Gremio. Vor allem, wißt Ihr, ist mein Haus in Padua
Reichlich versehn mit Gold und Silberzeug,
Becken und Kannen, die Händchen ihr zu waschen.

Alle Tapeten Tyrisches Gewirk;
Koffer von Elfenbein, gepackt voll Kronen;
In Zedernkisten Tepp'che, bunte Decken,
Köstliche Stoffe, Zelt' und Baldachine,
Batiste, türk'sche perlgestickte Polster,
Umhänge von Venedig, golddurchnäht,
Kupfer und Zinngeschirr und was gehört
Zum Haus und Hausrat. Dann im Pachthof hab' ich
Einhundert Stück Milchkühe, für den Eimer,
In Ställen hundertzwanzig fette Ochsen,
Nebst allem Zubehör und Inventar.
Ich selbst, ich bin bejahrt, ich kann's nicht leugnen,-
Und wenn ich morgen sterb', ist alles ihr,
Gehört sie einzig mir, solang ich lebe.

Tranio. Das Einzig war gut angebracht! – Hört mich!
Ich bin des Vaters Erb' und einz'ger Sohn.
Wenn Ihr die Tochter mir zum Weibe gebt,
Verschreib' ich ihr drei, vier so schöne Häuser
Im reichen Pisa, als nur irgendeins,
Das Signor Gremio hier in Padua hat.
Zudem zweitausend Goldzechinen jährlich
Aus reichen Ländereien, allein für sie.
Nun, Signor Gremio, womit stecht Ihr das?

Gremio. Zweitausend Goldzechinen Landertrag?
Mein Landgut trägt in allem nicht so viel,
Doch ihr verschreib' ich es. Zudem ein Frachtschiff,
Das jetzt im Hafen von Marseille liegt. –
Nun, Herr, seid Ihr am Frachtschiff nicht erstickt?

Tranio. Gremio! Man weiß, mein Vater hat drei große
Kauffahrerschiffe, zwei Galeeren und

Zwölf tücht'ge Ruderbarken, die verschreib' ich,
Und zweimal mehr als du noch bieten kannst.

Gremio. Nein, alles bot ich nun, mehr hab' ich nicht!
All meine Habe, mehr kann sie nicht haben:
Und wählt Ihr mich, hat sie mein Gut und mich.

Tranio. Dann ist vor aller Welt das Mädchen mein,
Nach Eurem Wort. Gremio ward abgetrumpft.

Baptista. Ich muß gestehn, Eu'r Bieten war das höchste,-
Und stellt Eu'r Vater die Versichrung aus,
Ist sie die Eurige. Wo nicht, verzeiht,
Wo bleibt ihr Wittum, sterbt Ihr vor dem Vater?

Tranio. Schikane das! Er ist bejahrt, ich jung.

Gremio. Und sterben Junge nicht so gut als Alte?

Baptista. Wohlan, ihr Herrn,
Dies ist mein Wort. Auf nächsten Sonntag, wißt ihr,
Ist meiner Tochter Katharine Trauung.
Nun, einen Sonntag später will ich Bianka
Mit Euch verloben, schafft Ihr den Revers,
Wo nicht, mit Signor Gremio.
Und so empfehl' ich mich und dank' euch beiden. *(Ab.)*

Gremio. Lebt, Nachbar, wohl. Jetzt, Freund, fürcht' ich dich nicht,
Du Hasenfuß! dein Vater wär' ein Narr,
Dir alles geben, und in alten Tagen
Von deiner Gnade leben. Das dir bieten?
Da wird solch italien'scher Fuchs sich hüten! *(Ab.)*

Tranio. Der Teufel hol dich, list'ges, altes Fell! –
Ich spiele hohes Spiel und setz' es durch.
Gefunden hab' ich's, meinem Herrn zu dienen.

Was braucht es mehr? Lucentio der falsche
Zeugt einen Vater, Vincentio den falschen,
Und das ist Wunders gnug. Sonst sind's die Väter,
Die sich die Kinder zeugen; allein für unser Frein hier
Erzeugt das Kind den Vater, will nur die List gedeihn mir. *(Ab.)*

DRITTER AUFZUG

Erster Auftritt

Zimmer bei Baptista

***Lucentio, Hortensio** und **Bianka** treten auf.*

Lucentio. Fiedler, laßt ab, Ihr werdet allzu dreist.
Habt Ihr die Freundlichkeit so schnell vergessen,
Mit der Euch Katharine hier empfing?

Hortensio. Zanksücht'ger Schulgelehrter! Immer war
Die göttliche Musik die Herrscherin,
Drum steht zurück und gönnet mir den Vorzug;
Und wenn wir eine Stunde musiziert,
Soll Euer Lesen gleiche Muße finden.

Lucentio. Ihr widersinn'ger Tropf! der nicht begriff,
Zu welchem Zweck Musik uns ward gegeben.
Ist's nicht, des Menschen Seele zu erfrischen,
Nach ernstem Studium und der Arbeit Müh'?
Deshalb vergönnt, daß wir philosophieren,
Und ruhn wir aus, dann mögt Ihr musizieren.

Hortensio. Gesell! Ich will dein Trotzen nicht ertragen!

Bianka. Ei, Herrn, das heißt ja doppelt mich beleid'gen,
Zu zanken, wo mein Will' entscheidend ist.
Ich bin kein Schulkind, das die Rute scheut,
Ich will mich nicht an Zeitbestimmung binden,
Nein, Stunde nehmen, wie's mir selbst gefällt.
Den Streit zu schlichten, setzen wir uns hier;
Nehmt Euer Instrument und spielt indessen,
Denn wir sind fertig, eh Ihr nur gestimmt.

Hortensio. So schließt Ihr, wenn ich recht in Stimmung bin?
(Zieht sich zurück.)

Lucentio. Das wird wohl nie der Fall sein. Stimmt nur immer.

Bianka. Wo blieben wir?

Lucentio. An dieser Stelle, Fräulein:
Hac ibat Simois, hic est Sigeia tellus,
Hic steterat Priami regia celsa senis.

Bianka. Wollt Ihr das übersetzen?

Lucentio. Hac ibat – wie ich Euch schon sagte; Simois – ich bin Lucentio; hic est – Sohn des Vincentio in Pisa; Sigeia tellus – so verkleidet, um Eure Liebe zu erflehen; hic steterat und jener Lucentio, der um Euch wirbt; Priami – ist mein Diener Tranio; regia – der meinen Namen trägt; celsa senis – damit wir den alten Herrn Pantalon anführen.

Hortensio. Fräulein, nun stimmt die Laute.

Bianka. Laßt denn hören! –
O pfui! das E ist falsch, das G ist recht.

Lucentio. Recht, darum geh, mein Freund, und stimme wieder.

Bianka. Laßt mich nun versuchen, ob ich es übersetzen kann. Hac ibat Simois – ich kenne Euch nicht; hic est Sigeia tellus – ich traue Euch nicht; hic steterat Priami – nehmt Euch in acht, daß er uns nicht hört; regia – seid nicht zu verwegen; celsa senis – verzweifelt nicht.

Hortensio. Fräulein; nun stimmt sie.

Lucentio. A und F sind falsch.

Hortensio. Ihr seid wohl selbst das A und F, Herr Aff'.
Wie feurig keck der Schulgelehrte wird!
Fürwahr, der Schelm wagt's, ihr den Hof zu machen. –
Wart, Schulfuchs, ich will besser dich bewachen.

Bianka. Vielleicht glaub' ich Euch einst, jetzt zweifl' ich noch.

Lucentio. O zweifelt nicht! Gewiß, der Äacide
War Ajax, nach dem Ahnherrn so genannt.

Bianka. Ich muß dem Lehrer glauben, sonst beteur' ich,
Von meinem Zweifel ließ ich noch nicht ab.
Doch sei's genug. – Nun, Licio, ist's an Euch.
Ihr guten Lehrer nehmt's nicht übel auf,
Daß ich so scherzhaft mit euch beiden war.

Hortensio. Ihr mögt nun gehn und uns ein Weilchen lassen,
Dreistimmige Musik kommt heut nicht vor.

Lucentio. Seid Ihr so pünktlich? Nun, so muß ich warten
Und auf ihn achten, denn irr' ich mich nicht,
Macht unser feiner Sänger den Verliebten.

Hortensio. Fräulein, eh Ihr die Laute nehmt zur Hand,
Muß ich beginnen mit den Anfangsregeln,
Daß Ihr des Fingersatzes Kunst begreift,
Und Eure Skala lernt in kurzer Zeit,

Vergnüglicher, brauchbarer, kräftiger,
Als je ein andrer Lehrer Euch's gezeigt. –
Hier habt Ihr's aufgeschrieben, schön und faßlich.

Bianka. Die Skala hab' ich längst schon absolviert.

Hortensio. Doch hört, wie sie Hortensio konstruiert.

Bianka *(liest)*.
C. Skala, Grund der Harmonie genannt,
D. Soll Hortensios heiße Wünsche deuten.
E. F. O Bianka, schenk ihm deine Hand,
G. A. Und laß sein treues Herz dich leiten.
H. Nimm zwei Schlüssel an, die er dir bot,
C. Dein Erbarmen, oder seinen Tod.

Bianka. Das nennt Ihr Skala? Geht, die mag ich nicht,
Die alte lieb' ich mehr, bin nicht so lüstern,
Seltsamer Neurung Echtes aufzuopfern.

*Ein **Diener** kommt.*

Diener. Fräulein, der Vater will, Ihr laßt die Bücher
Und helft der Schwester Zimmer aufzuschmücken,
Ihr wißt, auf morgen ist der Hochzeitstag.

Bianka. Lebt wohl, ihr lieben Lehrer, ich muß gehn.

(Bianka und Diener ab.)

Lucentio. Dann, Fräulein, hab' ich keinen Grund zu bleiben. *(Ab.)*

Hortensio. Doch Grund hab' ich, den Schulfuchs zu erforschen,
Mir scheint nach seinem Blick, er sei verliebt.
Doch Bianka, ist dein Sinn so ganz verächtlich,
Dein wandernd Aug' auf jeden Knecht zu werfen,

So lauf, zu wem du willst! Bist du so niedrig,
Such' ich ein andres Weib, und so erwidr' ich. *(Ab.)*

Zweiter Auftritt

Anderes Zimmer

***Baptista, Gremio, Tranio, Katharina, Bianka** und **Diener** treten auf.*

Baptista. Signor Lucentio, dieses ist der Tag
Für Katharinens und Petruchios Hochzeit,
Und immer noch läßt sich kein Eidam sehn.
Was wird man sagen? Welch ein Spott für uns!
Der Bräut'gam fehlt, da schon der Priester wartet,
Um der Vermählung Feier zu vollziehn!
Was sagt Lucentio denn zu dieser Schmach?

Katharina. Nur meine Schmach! Ich bin, seht doch, gezwungen
Die Hand zu reichen, meinem Sinn entgegen,
Dem tollen Grobian, halb verrückt von Launen,
Der eilig freit und langsam Hochzeit macht.
Ich sagt es wohl, er sei ein Narrenhäusler,
Der unter Derbheit bittern Hohn versteckt.
Und um für einen lust'gen Mann zu gelten,
Hält er um tausend an, setzt fest die Hochzeit,
Lädt Freunde ein, bestellt das Aufgebot
Und denkt nie Ernst aus schlechtem Spaß zu machen!
Mit Fingern zeigt man nun auf Katharinen
Und spricht: da geht des Narr'n Petruchio Frau,
Gefiel s ihm nur, zur Heirat sie zu holen!

Tranio. Geduld, Baptista, liebe Katharine,
Petruchio meint es gut, bei meinem Leben,
Was auch ihn hemmen mag, sein Wort zu halten.
Ist er gleich derb, kenn' ich ihn doch als klug,
Und ist er lustig, doch ein Mann von Ehre.

Katharina. Hätt' ich ihn nur mit Augen nie gesehn!

(Geht weinend ab mit Bianka und den Dienern.)

Baptista. Geh, Mädchen, wenn du weinst, kann ich nicht schelten,
Denn solche Schmach müßt' eine Heil'ge kränken,
Vielmehr so heft'gen Sinn und rasches Blut.

***Biondello** kommt.*

Biondello. Herr, Herr, Neuigkeiten! Alte Neuigkeiten! Solche Neuigkeiten, wie Ihr sie nie gehört habt!

Baptista. Alt und neu zugleich? Wie kann das sein?

Biondello. Nun, ist das keine Neuigkeit, wenn ich Euch sage, daß Petruchio kommt?

Baptista. Ist er gekommen?

Biondello. Ei, nicht doch!

Baptista. Was denn?

Biondello. Er kommt erst.

Baptista. Wann wird er hier sein?

Biondello. Wenn er hier steht, wo ich jetzt stehe, und Euch dort sieht.

Tranio. Aber nun deine alten Neuigkeiten?

Biondello. Ei, Petruchio langt jetzt an in einem neuen Hut und einem alten Wams; einem Paar alten Hosen, dreimal gewendet; mit einem Paar Stiefeln, die schon als Lichtkasten gedient haben, einer mit Schnallen, der andere zum Schnüren; mit einem alten rostigen Degen aus dem Stadtzeughause, das Gefäß ist zerbrochen, der Bügel fehlt, und die beiden Riemen sind zerrissen; sein Pferd ist kreuzlahm und trägt einen alten wurmstichigen Sattel mit zweierlei Bügeln, außerdem hat's den Rotz und ist auf dem Rückgrat ganz vermoost, es ist krank an der Mundfäule, behaftet mit der Räude, steckt voller Gallen, ist ruiniert von Spat, leidet an der Gallsucht, hat einen inkurabeln Hahnentritt, einen intermittierenden Sonnenkoller und einen unvertilgbaren Kropf. Dabei ist's senkrückig, stark buglahm und steif auf den Vorderbeinen. Es hat eine halbverbogene Stange und ein Kopfgestell von Schafleder, das man so kurz geschnallt, um's vom Stolpern abzuhalten, daß es schon oft gerissen und dann wieder mit Knoten zusammengestückt ist; einen Gurt aus sechs Stücken geflickt, und einen samtnen Schwanzriemen von einem Frauensattel, mit zwei Buchstaben, die ihren Namen bedeuten sollen, zierlich mit Nägeln eingeschlagen und hie und da mit Packfaden ergänzt.

Baptista. Wer kommt mit ihm?

Biondello. O Herr, sein Lakai, der leibhaftig wie das Pferd ausstaffiert ist, mit einem leinenen Strumpf an einem Bein, und einem groben wollenen Jagdstrumpf am andern, und ein paar rote und blaue Tucheggen als Kniegürtel; ein alter Hut, an dem die vierzig verliebten neuen LiederAnspielung auf eine verlorene Sammlung lockerer Liebeslieder.als Feder stecken; ein Ungeheuer, ein rechtes Ungeheuer in seinem Anzuge, und sieht keinem christlichen Dienstboten oder eines Edelmanns Lakaien ähnlich!

Tranio. Wer weiß, welch seltne Laun' ihn dazu trieb,
Obgleich er oft geringe Kleider trägt.

Baptista. Nun, ich bin froh, daß er kommt, mag er kommen, wie er will.

Biondello. Nein, Herr, er kommt nicht.

Baptista. Sagtest du nicht, er komme?

Biondello. Wer? Petruchio?

Baptista. Ja, daß Petruchio komme.

Biondello. Nein, Herr, ich sagte, sein Pferd kommt und er sitzt drauf.

Baptista. Nun, das ist eins.

Biondello. O nein doch, beim Sankt Jakob! da seid Ihr weit vom Ziele!
Denn Pferd und Mann sind mehr als eins und sind doch auch nicht viele.

Petruchio und Grumio kommen.

Petruchio. Wo seid ihr, schmuckes Volk? Wer ist zu Haus?

Baptista. Gut, daß Ihr grade kommt. . .

Petruchio. Und doch nicht grade . . .

Baptista. Ihr hinkt doch nicht?

Tranio. Nicht grade so geschmückt,
Als Ihr wohl solltet.

Petruchio. Wär's auch zierlicher,
Ich stürmte ebenso zu euch herein.
Doch wo ist Käthchen, meine holde Braut?

Was macht mein Vater? Leute, sagt, was habt ihr?
Was gafft denn diese werteste Gesellschaft,
Als wär' ein seltsam Abenteu'r zu sehn,
Ein Wunderzeichen oder ein Komet?

Baptista. Ei nun, Ihr wißt, heut ist Eu'r Hochzeitstag.
Erst sorgten wir, Ihr möchtet gar nicht kommen,
Nun mehr noch, daß Ihr kommt so ungeschmückt.
Pfui! Weg das Kleid, Schand' einem Mann wie Ihr,
Und unserm Ehrentag ein Dorn im Auge!

Tranio. Und sagt uns, welch ein wichtig Hindernis
Hielt Euch so lang entfernt von Eurer Braut?
Und bringt Euch her, Euch selbst so gar nicht ähnlich?

Petruchio. Langweilig wär's zu sagen wie zu hören,-
Genug, ich kam und will mein Wort erfüllen,
Mußt' ich dabei auf manches auch verzichten,
Was ich bei längrer Muß' entschuld'gen will,
So daß ihr alle sollt zufrieden sein.
Doch wo ist Käthchen? Schon zu lange säumt' ich,
's ist' spät, wir sollten in der Kirche sein.

Tranio. Seht nicht die Braut in den unzarten Hüllen,
Geht auf mein Zimmer, nehmt ein Kleid von mir.

Petruchio. Daraus wird nichts, ich will sie so besuchen.

Baptista. Doch so, ich hoff' es, geht Ihr nicht zur Kirche?

Petruchio. Ja doch, just so; drum laßt das Reden sein,
Mir wird sie angetraut, nicht meinen Kleidern.
Könnt' ich ergänzen, was die Zeit mir abnutzt,
Wie ich dies ärmliche Gewand kann tauschen,
Wär's gut für Käthchen, besser noch für mich.

Doch welch ein Narr bin ich, mit euch zu schwatzen,
Derweil ich sie als Braut begrüßen sollte,
Mein Recht mit einem süßen Kuß besiegelnd.

(Petruchio, Grumio und Biondello ab.)

Tranio. Der närrische Aufzug hat gewiß Bedeutung!
Doch reden wir ihm zu, wenn's möglich ist,
Daß er sich besser kleide vor der Trauung.

Baptista. Ich will ihm nach und sehn, was daraus wird. *(Ab.)*

Tranio. Nun, junger Herr, kommt's noch drauf an, den Willen
Des Vaters zu gewinnen. Zu dem Zweck,
Wie ich vorhin Eu'r Gnaden schon erzählte,
Schaff' ich uns einen Mann; wer es auch sei,
Macht wenig aus: den richten wir uns ab,
Der soll Vincentio aus Pisa sein
Und hier in Padua die Verschreibung geben
Auf größre Summen noch, als ich versprach.
So sollt Ihr Eures Glücks Euch ruhig freun
Mit Einstimmung vermählt der schönen Bianka.

Lucentio. Wär' mein Kam'rad nur nicht, der zweite Lehrer,
Der Biankas Schritte so genau bewacht,
So ging' es leicht, sich heimlich zu vermählen.
Und ist's geschehn, sag' alle Welt auch nein,
Behaupt' ich, aller Welt zum Trotz, mein Recht.

Tranio. Das, denk' ich, läßt sich nach und nach ersehn;
Sind wir nur wachsam stets auf unsern Vorteil,
So prellen wir den alten Graubart Gremio,
Den gar zu filz'gen Vater Minola,
Den schmachtend süßen Meister Licio,
Zum Besten meines lieben Herrn Lucentio.

Gremio kommt zurück.

Tranio. Nun, Signor Gremio! kommt Ihr aus der Kirche?

Gremio. Und zwar so lustig als je aus der Schule.

Tranio. Sind Braut und Bräut'gam denn zu Hause schon?

Gremio. Der Bräutigam? Der Bräutegram vielmehr!
Bräut Jammer noch und Not der armen Braut.

Tranio. Schlimmer als sie? Ei was! Das wär' nicht möglich.

Gremio. Was! Er ist ein Teufel, ein Teufel, ein rechter Satan!

Tranio. Was! Sie ist ein Teufel, ein Teufel, des Teufels Großmutter!

Gremio. Pah! gegen ihn ein Lamm, ein Kind, ein Täubchen!
Laßt Euch erzählen, Herr. Der Priester fragt' ihn,
Ob Katharinen er zur Frau begehre?
„Beim Donnerwetter, ja!" schrie er und fluchte.
Vor Schrecken ließ das Buch der Priester fallen,
Und als er sich gebückt, es aufzunehmen,
Gab ihm der tolle Bräut'gam solchen Schlag,
Daß Buch und Pfaff' und Pfaff' und Buch hinstürzten.
„Nun rafft das Zeug auf!" rief er, „wer's noch braucht!"

Tranio. Was sagte denn das Bräutchen, als er aufstand?

Gremio. Die war ganz Furcht, denn seht, er stampft' und fluchte,
Als hätt' der Priester ihn betören wollen.
Als nun die Zeremonien all geendet,
Ruft er nach Wein,
Und prosit! schreit er wie auf dem Verdeck,
Als tränk' er nach dem Sturm mit den Kam'raden.
Stürzt den Muskat hinab und wirft den Kuchen
Dem Küster ins Gesicht, aus keinem Grund,

Als weil sein Bart ihm dünn und hungrig schien
Um einen Schluck zu betteln, da er trank.
Und nun faßt' er die Braut um ihren Hals,
Und gibt ihr einen Schmatz so gellend laut,
Daß rings die ganze Kirche widerhallte.
Ich lief aus Scham hinaus, als ich dies sah,
Und nach mir, glaub' ich, folgt' der ganze Schwarm.
So tolle Hochzeit war noch nie zuvor!
Horch! horch! ich höre schon die Musikanten. *(Musik.)*

***Petruchio, Katharina, Bianka, Baptista, Hortensio** und **Grumi** o kommen mit Dienern und Gefolge.*

Petruchio. Ihr Herrn und Freunde, Dank für eure Müh'
Ich weiß, ihr denkt nun heut mit mir zu essen,
Und habt viel aufgewandt zum Hochzeitschmaus,
Doch leider ruft die Eil' mich gleich von hier,
Und drum muß ich jetzt Abschied von euch nehmen.

Baptista. Ist s möglich? Noch heut abend wollt Ihr fort?

Petruchio. Bei Tag noch muß ich fort, noch vor dem Abend.
Nicht wundert Euch; sagt' ich Euch mein Geschäft,
Ihr hießt mich selbst wohl gehn und nicht verweilen.
Und, ehrsame Gesellschaft, Dank euch allen,
Die ihr gesehn, wie ich mich hingegeben
Der höchst geduld'gen, sanften, frommen Frau.
Mit meinem Vater schmaust, trinkt auf mein Wohl,
Denn ich muß fort, und Gott sei mit euch allen.

Tranio. Laßt uns Euch bitten, bleibt bis nach der Mahlzeit!

Petruchio. Es kann nicht sein.

Gremio. Laßt mich Euch bitten.

Petruchio. Es kann nicht sein.

Katharina. Laßt mich Euch bitten.

Petruchio. Das ist mir recht!

Katharina. So ist's Euch recht zu bleiben?

Petruchio. Recht ist mir's, daß Ihr bittet, ich soll bleiben,
Doch nichts von Bleiben, bittet, was Ihr mögt.

Katharina. Wenn Ihr mich liebt, so bleibt.

Petruchio. Grumio, die Pferde!

Grumio. Ja, Herr, sie sind parat. Der Haber hat die Pferde schon gefressen.

Katharina. Nun gut;
Tu, was du willst, mich bringst du heut nicht weg,
Auch morgen nicht, nicht bis es mir gefällt.
Das Tor ist offen, Herr, da geht der Weg,
Und so nach Haus, eh Euch die Stiefel drücken.
Ich aber will nicht gehn, eh mir's gefällt.
Das gäb' 'nen herrlich mürr'schen Grobian,
Der sich den ersten Tag so mausig macht!

Petruchio. Ei, Käthchen, still, ich bitt' dich, sei nicht bös.

Katharina. Ich will nun böse sein! was kümmert's dich?
Vater, schweigt nur, er bleibt so lang ich will.

Gremio. Aha, mein Freund, nun geht die Sache los.

Katharina. Ihr Herrn, hinein da zu dem Hochzeitsmahl.
Ich seh', ein Weib wird bald zum Narr'n gemacht,
Wenn sie nicht Mut hat, sich zu widersetzen.

Petruchio. Sie soll'n hinein, mein Kind, wie du befiehlst.
Gehorcht der Braut, denn ihr seid *ihr* Gefolge;
Setzt euch zum Schmausen, singt und jubiliert,
Bringt volle Humpen ihrem Mädchenstand,
Seid toll und lustig, oder laßt euch hängen;
Allein mein herzig Käthchen muß mit mir.
Nein, seht nicht scheel, noch stampft und stiert und mault:
Ich will der Herr sein meines Eigentums.
Sie ist mein Landgut, ist mein Haus und Hof,
Mein Hausgerät, mein Acker, meine Scheune,
Mein Pferd, mein Ochs, mein Esel, kurz mein alles.
Hier steht sie, rühr' sie einer an, der Herz hat!
Ich will mein Recht behaupten vor dem Frechsten,
Der mir den Weg in Padua sperrt! Zieh, Grumio,
Zieh deinen Sarras, rund um uns sind Räuber,
Hau deine Frau heraus, bist du ein Mann!
Ruhig, lieb Herz, sie sollen dir nichts tun,
Ich helf' dir durch, und wären's Millionen.

(Petruchio, Katharina und Grumio ab.)

Baptista. Nun gehn sie denn, o sanftes, stilles Paar!

Gremio. Es war wohl Zeit, sonst starb ich noch vor Lachen!

Tranio. So tolles Bündnis ist noch nie geschlossen!

Lucentio. Fräulein, was haltet Ihr von Eurer Schwester?

Bianka. Daß toll von je, sie toll sich angekettet.

Gremio. Und sich ihr Mann noch toller angekäthet.

Baptista. Nachbarn und Freunde, fehlt auch Braut und Bräut'gam
Um ihren Platz zu nehmen an dem Tisch,
So fehlt's doch nicht an Schüsseln auf dem Tisch.

Ihr nehmt des Bräut'gams Platz, Lucentio,
Und Bianka mag für ihre Schwester gelten.

Tranio. Soll unsre Bianka lernen Bräutchen spielen?

Baptista. Das soll sie, Freund Lucentio. Kommt herein.

(Alle ab.)

VIERTER AUFZUG

Erster Auftritt

Saal bei Petruchio

***Grumio** tritt auf.*

Grumio. Hol die Pest alle müden Schindmähren, alle tollen Herrn und alle schlechten Wege! Ward je einer so geprügelt? Je einer so durchgebläut? Ist je ein Mensch so müde gewesen? Ich bin vorausgeschickt, um Feuer zu machen, und sie kommen hinter mir drein, um sich zu wärmen. Wär' ich nun nicht so ein kleiner Topf und bald heiß im Kopf, mir würden die Lippen an die Zähne frieren, die Zunge an den Gaumen, das Herz an die Rippen, ehe ich zu einem Feuer käme, um mich aufzutauen. Aber ich gedenke das Feuer anzublasen und mich damit zu wärmen, denn wenn man dies Wetter erwägt, so kann ein viel größrer Kerl, als ich bin, sich den Schnupfen holen. Holla, he! Curtis!

***Curtis** kommt.*

Curtis. Wer schreit da so erfroren?

Grumio. Ein Stück Eis. Wenn du es nicht glauben willst, so kannst du von meinen Schultern zu meinen Füßen so geschwind hinunterglitschen, als wie vom Kopf bis zum Genick. Feuer, liebster Curtis!

Curtis. Kommen denn unser Herr und seine Frau, Grumio?

Grumio. Ja doch, Curtis, o ja! und darum Feuer, Feuer, tu kein Wasser dran!

Curtis. Ist sie denn solch eine hitzige Widerspenstige, wie man sagt?

Grumio. Das war sie, guter Curtis, vor diesem Frost; aber du weißt's, der Winter zähmt Mann, Frau und Vieh, denn er hat meinen alten Herrn und meine neue Frau gezähmt, und mich selbst, Kam'rad Curtis.

Curtis. Geh mir, du dreizölliger Geck! Ich bin kein Vieh!

Grumio. Halt' ich nur drei Zoll? Ei was! Dein Horn mißt einen Fuß, und so lang bin ich zum wenigsten. Aber willst du Feuer anmachen? Oder soll ich Klage über dich bei unsrer Frau führen, deren Hand *(denn sie ist hier gleich bei der Hand)* du bald fühlen wirst, als einen kalten Trost dafür, daß du langsam bist in deinem heißen Dienst?

Curtis. Bitt' dich, lieber Grumio, erzähle mir was, wie geht's in der Welt?

Grumio. Kalt geht's in der Welt, Curtis, in jedem andern Dienst als im deinigen; und darum Feuer. Tu, was dir gebührt, und nimm, was dir gebührt, denn unser Herr und seine Frau sind beinahe totgefroren.

Curtis. Das Feuer brennt, und also nun erzähle was Neues, guter Grumio.

Grumio. I nun, *(singt)* he Hans! ho Hans! so viel Neues du willst!

Curtis. Ach geh, du bist immer so voller Flausen.

Grumio. Nun also mach Feuer, denn ich bin auch voller Kälte. Wo ist der Koch? Ist das Abendessen fertig? Ist das Haus gescheuert, Binsen gestreut, Spinnweben abgefegt, die Knechte in ihren neuen Jacken und weißen Strümpfen? hat jeder Bediente sein hochzeitlich Kleid an? Sind die Gläser aus dem Schrank und die Becher blank? die Teppiche gelegt und alles in Ordnung?

Curtis. Alles fertig, und darum bitt' ich dich, was Neues.

Grumio. Erstlich wisse, daß mein Pferd müde ist; daß mein Herr und meine Frau übereinander hergefallen sind . . .

Curtis. Wie? handgreiflich?

Grumio. Aus ihrem Sattel in den Kot, übereinander; und davon ließe sich eine Geschichte erzählen.

Curtis. Nun laß hören, liebster Grumio.

Grumio. Dein Ohr her!

Curtis. Ja!

Grumio. Da! *(Gibt ihm eine Ohrfeige.)*

Curtis. Das heißt eine Geschichte fühlen, nicht eine Geschichte hören.

Grumio. Und darum nennt man's eine gefühlvolle Geschichte. Und dieser Schlag sollte nur an dein Ohr anklopfen und sich Gehör ausbitten. Nun fang' ich an. In primis, wir kamen einen schmutzigen Berg herab, mein Herr tritt hinter meiner gnädigen Frau.

Curtis. Beide auf einem Pferde?

Grumio. Was denkst du dir dabei?

Curtis. Ei, ein Pferd.

Grumio. Erzähle *du* die Geschichte. Aber wärst du mir nicht dazwischen gekommen, so hättest du gehört, wie ihr Pferd fiel und sie unter ihr Pferd, du hättest gehört, an welcher schmutzigen Stelle, und wie durchnäßt sie war; wie er sie liegen ließ mit dem Pferde auf ihr; wie er mich prügelte, weil ihr Pferd gestolpert war; wie sie durch den Kot watete, um ihn von mir wegzureißen; wie er fluchte, wie sie betete, sie, die noch nimmermehr gebetet hatte; wie ich heulte, wie die Pferde davonliefen, wie ihr Zügel zerriß, wie ich meinen Schwanzriemen verlor, nebst vielen andern denkwürdigen Historien, welche nun in Vergessenheit sterben, und du kehrst ohne Weltkenntnis in dein Grab zurück.

Curtis. Nach dieser Rechnung ist er ja widerspenstiger als sie?

Grumio. Ja, und das werden die Frechsten von euch allen erfahren, wenn er nach Hause kommt. Aber warum schwatze ich hier? Ruf Nathanael, Joseph, Niklas, Philipp, Walter, Haberkuckuck und die andern her; laß sie ihre Köpfe glatt kämmen, ihre blauen Röcke ausbürsten, ihre Kniegürtel sollen sie nicht anstößig binden, mit dem linken Fuß ausscharren und sich's nicht unterstehn, ein Haar von meines Herrn Pferdeschwanz anzurühren, bis sie sich die Hand geküßt habenIm alten England küßte der Kavalier nicht die Hand der Dame, sondern die eigene Hand, die er der Dame reichen durfte.. Sind sie alle fertig?

Curtis. Das sind sie.

Grumio. Ruf sie her.

Curtis. Hört ihr! He! Ihr sollt dem Herrn entgegengehn und meiner gnädigen Frau ein rechtes Ansehn geben!

Grumio. Nun, sie ist selbst schon ansehnlich genug!

Curtis. Das ist gewiß.

Grumio. Nun, was rufst du denn die Leute, ihr ein Ansehn zu geben?

Curtis. Ich meine, sie sollen ihr Kredit verschaffen.

Grumio. Ei was, sie wird ja nichts von ihnen borgen wollen.

Mehrere Bediente kommen.

Nathanael. Willkommen zu Hause, Grumio!

Philipp. Wie geht's, Grumio?

Joseph. Ei, Grumio?

Niklas. Kamerad Grumio?

Nathanael. Wie geht's, alter Junge?

Grumio. Willkommen, du! – Wie geht's, du? – Ei, du! – Kamerad, du! – und so viel fürs Grüßen. *(Prügelt sie.)* – Nun, ist alles fertig? Ist jedes Ding niedlich, meine
schmucken Kerlchen?

Nathanael. Jedes Ding ist fertig. Wie nah ist der Herr?

Grumio. Ganz nah, vielleicht schon abgestiegen, und darum – – – Potz Sapperment, seid still! Ich höre meinen Herrn.

***Petruchio** und **Katharina** kommen.*

Petruchio. Wo sind die Schurken? Was? – Kein Mensch am Tor
Hielt mir den Bügel, nahm das Pferd mir ab! –
Wo sind Nathanael, Philipp und Gregor?

Alle. Hier, Herr!

Petruchio. Hier, Herr! hier, Herr! hier, Herr! hier, Herr!
Ihr tölpelhaften, schlecht gezognen Flegel!

Was! keine Ordnung? kein Respekt? kein Dienst?
Wo ist der dumme Kerl, den ich geschickt?

Grumio. Hier, Herr, noch ganz so dumm und doch geschickt.

Petruchio. Du Bauernlümmel! Du verdammter Karr'ngaul!
Sollt'st du im Park uns nicht entgegenkommen
Und all die faulen Schlingel mit dir bringen?

Grumio. Nathanaels Rock, Herr, war noch nicht ganz fertig,
An Philipps Korduanschuh'n war noch kein Eisen,
Kein Fackelruß, um Peters Hut zu schwärzen,
An Walters Dolch die Scheide noch in Arbeit,
Niemand in Staat, als Ralph, Gregor und Adam,
Die andern lumpig, alt und bettelhaft –
Doch wie sind sie, hab' ich sie hergeholt.

Petruchio. Geht, Schlingel! Geht, besorgt das Abendessen!
(Einige von den Dienern ab.)
(Singt.)
„Wo ist mein vor'ges Leben hin? –
Wo sind die – –"
– Setz dich, Käthchen, sei willkommen!
Hum, hum, hum, hum!
Wird's bald? he? – Nun, lieb Käthchen, sei vergnügt! –
Die Stiefel ab, ihr Schlingel, Schufte! Wird's? –
(Singt.)
„Ein Bruder Graurock lobesan
Kam seines Wegs getrost heran – –"
Spitzbube! du verrenkst mir ja das Bein!
Nimm das! *(Schlägt ihn.)* Und zieh den andern besser aus! –
Sei lustig, Käthchen. – Wasser her! Geschwind! –
Wo ist mein Windspiel Troilus? Kerl, gleich hin,

Mein Vetter Ferdinand soll zu uns kommen!
(Ein Diener ab.)
Den mußt du küssen, Kind, ihm freundlich sein.
Her die Pantoffeln! Krieg' ich denn kein Wasser?
(Es wird ihm ein Becken gebracht.)
Komm, Käthchen, wasch dich! Und nochmals willkommen! –
(Der Bediente wirft die Kanne hin.)
Verdammter Hundsfott! Mußt du's fallen lassen?
(Schlägt ihn.)

Katharina. Geduld, ich bitt', er tat es unversehens!

Petruchio. Ein Hurensohn! Ein Eselsohr von Dickkopf!
Komm, Käthchen, setz dich, hungrig mußt du sein;
Sprichst du das Gratias, Liebchen, oder ich? –
Was ist das? Schöps?

Erster Diener. Ja.

Petruchio. Und wer bracht' es?

Erster Diener. Ich.

Petruchio. Es ist verbrannt, und so ist alles Essen!
Welch Hundevolk! Wo ist der Koch, die Bestie?
Wie wagt ihr, Schurken, das mir anzurichten,
Mir vorzusetzen, was ich doch nicht mag?
Da! Fort damit! Fort Teller, Becher! Alles!
(Wirft Essen und Tischzeug auf die Erde.)
Einfält'ge Lümmel! Ungeschliffnes Volk!
Was? brummt ihr noch? Gleich werd' ich bei euch sein.

Katharina. Ich bitt' dich, lieber Mann, sei nicht so unwirsch,
Gut war das Essen, hätt'st du's nur gemocht!

Petruchio. Nein, Käthchen, 's war vertrocknet und verbrannt
Und grade das hat man mir streng verboten,
Denn auf die Galle wirkts, erzeugt den Ärger,
Drum ist es besser, wenn wir beide fasten,
(Denn beide sind wir von Natur cholerisch)
Als durch zu stark Gebratnes uns verderben.
Geduld, mein Kind, wir holen's morgen ein,
Doch diese Nacht woll'n wir gemeinsam fasten,
Komm nun, ich führ' dich in dein Brautgemach.

(Katharina, Petruchio und Curtis ab.)

Nathanael. Peter, sag, hast du so was je gesehn?

Peter. Die macht er tot in ihrer eignen Manier.

***Curtis** kommt zurück.*

Grumio. Wo ist er?

Curtis. Drinn' mit ihr,
Hält ihr 'ne Predigt von Enthaltsamkeit.
Zankt, flucht und schilt, und sie, das arme Ding,
Wagt kaum noch aufzusehn, zu stehn, zu reden,
Und sitzt, wie eben aus 'nem Traum erwacht.
Fort! fort! da kommt er wieder her! *(Sie laufen fort.)*

***Petruchio** kommt zurück.*

Petruchio. So hab' ich klugerweis' mein Reich begonnen
Und hoffe, ferner glücklich zu regieren.
Mein Falk ist nun geschärft und tüchtig hungrig,
Und bis er zahm ist, kriegt er auch kein Futter,
Sonst wird er nie auf meinen Wink gehorchen.
Noch kirr' ich anders meinen wilden Sperber,
So daß er kommt und kennt des Wächters Ruf;

Wach bleibt er, wie man wohl den Habicht wach hält,
Der schlägt und stößt und nicht gehorchen will.
Heut aß sie nichts, und soll auch nichts bekommen,
Schlief nicht die Nacht, und soll's auch diese nicht.
Wie bei dem Essen stell' ich mich, als wär'
Das Bett ganz unrecht und verkehrt gemacht,
Dahin werf' ich den Pfühl, dorthin das Kissen,
Die Deck' auf jene Seit', auf die das Laken;
Ja, bei dem Wirrwarr schwör' ich noch, ich tu'
Das alles nur aus zarter Sorg' um sie.
Kurz, sie soll wachen diese ganze Nacht;
Nickt sie nur etwas ein, so zank' und tob ich,
Um durch mein Schrein den Schlaf ihr zu verscheuchen.
Dies ist die Art, durch Lieb' ein Weib zu töten;
So beug' ich ihren harten störr'gen Sinn.
Wer Widerspenst'ge besser weiß zu zähmen,
Mag christlich mir's zu sagen sich bequemen. *(Ab.)*

Zweiter Auftritt

Straße in Padua

***Tranio** und **Hortensio** treten auf.*

Tranio. Wär's möglich wohl, Freund Licio, daß ein andrer
Sich Biankas Gunst erworben, als Lucentio?
Glaubt mir, sie hat mich trefflich angeführt!

Hortensio. Wollt Ihr Beweis von dem, was ich Euch sagte,
So gebt hier acht, wie er sie unterrichtet.

(Sie stellen sich auf die Seite.)

***Bianka** und **Lucentio** kommen.*

Lucentio. Fräulein, behaltet Ihr, was ich Euch lehrte?

Bianka. Was lehrt Ihr, Meister, erst erklärt mir das.

Lucentio. Was einzig mein Beruf: die Kunst zu lieben.

Bianka. Mögt Ihr bald Meister sein in dieser Kunst!

Lucentio. Nehmt Ihr als Lehrling mich in Eure Gunst!

(Gehn vorüber.)

Hortensio. Nun wahrlich, das geht schnell! O sagt mir doch,
Ihr schwuret ja, daß Euer Fräulein Bianka
Nichts in der Welt so als Lucentio liebe?

Tranio. O falscher Amor! Treulos Weibervolk!
Ich sag dir, Licio, dies ist wundervoll!

Hortensio. Nicht länger diese Mask', ich bin nicht Licio,
Bin auch kein Musiker, wie ich Euch schien,
Vielmehr ein Mann, den die Verkleidung reut
Um solche, die den Edelmann verwirft.
Und solchen Knecht zu ihrem Abgott macht!
So wißt denn, Herr, daß ich Hortensio heiße.

Tranio. Signor Hortensio, oft hab' ich gehört
Von Eurer starken Leidenschaft zu Bianka.
Da ich nun Augenzeuge bin des Leichtsinns,
Will ich mit Euch, seid Ihr es so zufrieden,
Auf ewig Biankas Lieb' und Gunst verschwören.

Hortensio. Wie zärtlich sie sich küssen! – Herr Lucentio,
Hier meine Hand, und feierlich beschwör' ich,
Nie mehr um sie zu frein; nein, ich entsag' ihr
Als ganz unwürdig aller Zärtlichkeit,
Mit der ich töricht ihr gehuldigt habe.

Tranio. Empfangt auch meinen ungefälschten Schwur:
Zur Frau nehm' ich sie nie, selbst wenn sie bäte.
Pfui! seht nur, wie abscheulich sie ihn streichelt!

Hortensio. Möcht' alle Welt, nur er nicht, sie verabscheun!
Ich nun, um recht gewiß den Schwur zu halten,
Will einer reichen Witwe mich vermählen,
Morgen am Tag, die mich so lang geliebt,
Als ich der schnöden Dirne nachgegangen.
Und so lebt wohl, Signor Lucentio;
Der Weiber Freundlichkeit, nicht schöne Augen,
Gewinnt mein Herz. So nehm' ich meinen Abschied,
Und fest bleibt stehn, was ich beschworen habe.

(Hortensio ab.)

***Bianka** und **Lucentio** kommen wieder.*

Tranio. Nun, Fräulein Bianka, werd' Euch Glück und Segen
Auf allen Euren heil'gen Liebeswegen!
Ja, ja! ich hab' Euch wohl ertappt, mein Herz,
Wir haben Euch entsagt, ich und Hortensio.

Bianka. Tranio, ihr scherzt. Habt ihr mir beid' entsagt?

Tranio. Das haben wir.

Lucentio. Dann sind wir Licio los.

Tranio. Mein Seel, er nimmt sich eine frische Witwe,
Die wird dann Braut und Frau an einem Tag.

Bianka. Gott geb' ihm Freude.

Tranio. Und zähmen wird er sie.

Bianka. So spricht er, Freund.

Tranio. Gewiß, er geht schon in die Zähmungsschule.

Bianka. Die Zähmungsschule? Ei, gibt es solchen Ort?

Tranio. Ja, Fräulein, und Petruchio ist ihr Rektor,
Der lehrt Manier, die jedem er verständigt,
Wie man der Widerspenst'gen Zunge bändigt.

__Biondello__ kommt gelaufen.

Biondello. O lieber Herr, so lang hab' ich gelauert,
Daß hundemüd ich bin. Doch endlich sah ich –
Vom Hügel niedersteigt ein alter Pinsel,
Der paßt für uns.

Tranio. Sag an, wer ist's, Biondello?

Biondello, Ein Merkatant. Herr, oder ein Pedant,
Ich weiß nicht was; doch steif in seinem Anzug,
An Haltung, Gang und Tracht recht wie ein Vater.

Lucentio. Tranio, was soll er uns?

Tranio. Wenn der leichtgläubig meinen Märchen traut,
So ist er froh, Vincentio hier zu spielen,
Und gibt Baptista Minola Verschreibung
So gut, als ob Vincentio selbst er wäre.
Nehmt Eure Braut beiseit und laßt mich jetzt.

(Lucentio und Bianka ab.)

Der __Magister__ tritt auf.

Magister. Gott grüß' Euch, Herr!

Tranio. Und Euch, Herr, seid willkommen.
Ist hier Eu'r Ziel, Herr, oder reist Ihr weiter?

Magister. Hier ist mein Ziel für ein'ge Wochen mind'stens,
Dann reis' ich weiter, reise noch bis Rom;
Von dort nach Tripolis, schenkt Gott mir Leben.

Tranio. Von woher kommt Ihr, wenn's vergönnt?

Magister. Von Mantua.

Tranio. Von Mantua, Herr? Ei, Gott verhüt' es!
Ihr kommt nach Padua mit Gefahr des Lebens?

Magister. Mein lieber Herr? Wieso? Das wäre schlimm!

Tranio. Tod ist verhängt für jeden, der von Mantua
Nach Padua kommt; wißt Ihr die Ursach' nicht?
Venedig nahm Euch Schiffe weg; der Doge,
(Weil Feindschaft zwischen ihm und Eurem Herzog)
Ließ öffentlich durch Ausruf es verkünden.
Mich wundert – nur weil Ihr erst kürzlich kamt,
Sonst hättet Ihr den Ausruf schon vernommen.

Magister. O weh, mein Herr! Das ist für mich noch schlimmer,
Denn Wechselbriefe hab' ich abzugeben
Und nach Florenz die Summe zu befördern.

Tranio. Gut, Herr, um einen Dienst Euch zu erweisen,
Will ich dies tun und diesen Rat Euch geben –
Erst sagt mir aber: war't Ihr je in Pisa?

Magister. Ja, Herr, in Pisa bin ich oft gewesen,
Pisa, berühmt durch angesehne Bürger.

Tranio. So kennt Ihr unter diesen wohl Vincentio?

Magister. Ich kenn' ihn nicht, doch hört' ich oft von ihm;
Ein Kaufmann von unendlichem Vermögen.

Tranio. Er ist mein Vater, Herr, und auf mein Wort,
Er sieht Euch im Gesicht so ziemlich gleich.

Biondello. Just wie ein Apfel einer Auster gleicht!

Tranio. In dieser Not das Leben Euch zu retten,
Tu' ich Euch, ihm zuliebe, diesen Dienst,
Und haltet's nicht für Euer schlimmstes Glück,
Daß Ihr dem Herrn Vincentio ähnlich seht. –
Sein Nam' und Ansehn soll Euch hier beschützen,
Mein Haus steht Euch zu Diensten, wohnt bei mir.
Betragt Euch so, daß niemand Argwohn faßt;
Nun, Ihr versteht mich ja, so sollt Ihr bleiben,
Bis Eu'r Geschäft in dieser Stadt beendigt.
Ist dies ein Dienst, so nehmt ihn willig an.

Magister. Das tu' ich, Herr, und will Euch ewig danken
Als Schützer meines Lebens, meiner Freiheit.

Tranio. So kommt mit mir und stellt die Sach' ins Werk;
So viel sei Euch beiläufig noch gesagt,
Mein Vater wird hier jeden Tag erwartet,
Um hier ein Ehverlöbnis abzuschließen
Mit mir und eines Herrn Baptista Tochter.
Von alledem will ich Euch unterrichten;
Kommt mit mir, Herr, geziemlich Euch zu kleiden.

(Alle ab.)

Dritter Auftritt

Zimmer in Petruchios Landhaus

Katharina und Grumio treten auf.

Grumio. Nein, nein, gewiß! ich darf nicht für mein Leben!

Katharina. Je mehr er kränkt, je mehr verhöhnt er mich.
Ward ich sein Weib, daß er mich läßt verhungern?
Betritt ein Bettler meines Vaters Haus,
Bekommt er, wie er bittet, gleich die Gabe,
Wo nicht, so find't er anderswo Erbarmen,
Doch ich, die nie gewußt, was Bitten sei,
Und die kein Mangel je zum Bitten zwang,
Ich sterb' aus Hunger, bin vom Wachen schwindelnd,
Durch Fluchen wach, durch Zanken satt gemacht.
Und was mich mehr noch kränkt als alles dies,
Er tut es unterm Schein der zartsten Liebe,
Als könnt's nicht fehlen; wenn ich schliefe, äße,
Würd' ich gefährlich krank und stürbe gleich.
Ich bitte, geh und schaff mir was zu essen,
Und gleichviel was, wenn's nur genießbar ist.

Grumio. Was sagt Ihr wohl zu einem Kälberfuß?

Katharina. Ach, gar zu gut, ich bitt' dich, schaff ihn mir.

Grumio. Das, fürcht' ich, ist ein zu cholerisch Essen.
Allein ein fett Gekröse, gut geschmort?

Katharina. Das mag ich gern, o Liebster, hol es mir.

Grumio. Ich weiß doch nicht, ich fürcht', es ist cholerisch.
Was sagt Ihr denn zu Rindfleisch wohl mit Senf?

Katharina. Ein Essen, das mir wohl bekommen wird!

Grumio. Ja, ja, doch ist der Senf ein wenig hitzig.

Katharina. Nun, Rindfleisch denn, und laß den Senf ganz weg.

Grumio. Nein, das ist nichts; Ihr nehmt den Senf dabei,
Sonst kriegt Ihr auch das Fleisch von Grumio nicht.

Katharina. Gut, beides oder eins, ganz wie du willst.

Grumio. Also den Senf denn und kein Fleisch dazu?

Katharina. Mir aus den Augen, Kerl! boshafter Narr!
Abspeisen willst du mich mit Wortgerichten? *(Schlägt ihn.)*
Verwünscht seist du und deine ganze Rotte,
Die sich an meinem Elend noch ergötzt!
Aus meinen Augen! Fort!

__Petruchio__ mit einer Schüssel und __Hortensio__ kommen.

Petruchio. Wie geht's, mein Käthchen? – Herz, so melancholisch?

Hortensio. Nun, seid Ihr gutes Muts?

Katharina. Ja! gutes Unmuts!

Petruchio. Nun lach mich an, mein Herz, sei wohlgemut.
Hier, Kind, du siehst, wie ich so sorgsam bin,
Selbst richt' ich für dich an und bringe dies.
(Setzt die Schüssel auf den Tisch.)
Nun! solche Freundlichkeit verdient doch Dank?
Was! nicht ein Wort? Nun denn, du magst es nicht,
Und mein Bemühn ist ganz umsonst gewesen –
Da! nehmt die Schüssel weg.

Katharina. Bitte, laßt sie stehn.

Petruchio. Der kleinste Dienst wird ja mit Dank bezahlt,
Und meiner soll's, eh du dir davon nimmst.

Katharina. Ich dank' Euch, Herr.

Hortensio. Pfui doch, Petruchio, pfui! du bist zu tadeln!–
Gesellschaft leist' ich Euch, so kommt und eßt.

Petruchio *(beiseit)*.
Iß alles auf, wenn du mich liebst, Hortensio. *(Laut.)*
Nun, wohl bekomm' es dir, mein liebes Herz.
Iß schnell, mein Käthchen. – Nun, mein süßes Liebchen,
Laß uns zurück zu deinem Vater reisen;
Dort laß uns wacker schwärmen und stolzieren,
Mit seidnen Kleidern, Hauben, goldnen Ringen,
Mit Litzen, Spitzen, Samt und tausend Dingen,
Mit Spang' und Armband, wie die höchste Edeldam',
Bernstein, Korall' und Perl' und solchem Trödelkram.
Nun, bist du satt? Dein wartet schon der Schneider
Und bringt zum Putz die raschelnd seidnen Kleider.

Schneider kommt.

Petruchio. Komm, Schneider! zeig uns deine Herrlichkeiten!
Leg aus das Kleid.

Putzhändler kommt.

Petruchio. Und was habt Ihr zu suchen?

Putzhändler. Hier ist die Haube, die Eu'r Gnaden wünschte.

Petruchio. Was! Auf 'ne Suppenschüssel abgeformt?
Ein samtner Napf? Pfui doch! gemein und garstig!
Wie eine Walnußschal', ein Schneckenhaus,
Ein Quark, ein Tand, ein Wisch, ein Puppenhäubchen!
Weg mit dem Ding! Schafft eine größre, sag' ich.

Katharina. Ich will sie größer nicht, so ist's die Mode,
So tragen feine Damen jetzt die Hauben.

Petruchio. Wenn Ihr erst fein seid, sollt Ihr eine haben,
Doch nicht vorher.

Hortensio *(beiseit)*. Das wird sobald nicht sein.

Katharina. Wie, Herr? hab' ich Erlaubnis nicht zu reden?
Ja, ich will reden, denn ich bin kein Kind!
Schon Beßre hörten meine Meinung sonst,
Mögt Ihr das nicht, stopft Euch die Ohren zu.
Mein Mund soll meines Herzens Bosheit sagen,
Sonst wird mein Herz, verschweig' ich sie, zerspringen.
Und ehe das geschehe, will ich frei
Und über alles Maß die Zunge brauchen.

Petruchio. Du hast ganz recht, es ist 'ne lump'ge Haube,
Ein Tortendeckel, eine Samtpastete;
Ich hab' dich lieb drum, daß sie dir mißfällt.

Katharina. Lieb oder lieb mich nicht, die Haub' ist hübsch;
Und keine sonst, nur diese wird mich kleiden.

Petruchio. Dein Kleid willst du? Ganz recht! Kommt, zeigt es, Schneider.
O gnad' uns Gott! Welch Faschingstück ist dies? –
Was gibt's hier? Ärmel? Nein, Haubitzen sind's;
Seht auf und ab, gekerbt wie Apfelkuchen,
Mit Flippen, Schnipp und Schnapp, gezickt, gezackt,
Recht wie ein Rauchfaß in der Baderstube.
Wie nennst du das ins Teufels Namen, Schneider?

Hortensio *(beiseit)*.
Ich seh', nicht Kleid noch Haube wird sie kriegen.

Schneider. Befohlen habt Ihr's nach dem neusten Schnitt,
So wie die Mod' es heutzutage will.

Petruchio. Jawohl, das tat ich, doch besinne dich,
Ich sagte nicht: verdirb es nach der Mode!
Gleich spring nach Hause über Stock und Block,
Denn meiner Kundschaft bist du völlig quitt.
Für mich ist's nicht! Fort, mach mit, was du willst.

Katharina. Ich sah noch nie so schön gemachtes Kleid,
So modisch, sauber, von so hübscher Form.
Ihr wollt mich wohl zur Marionette machen?

Petruchio. Recht! Er will dich zur Marionette machen.

Schneider. Sie sagt, Euer Gnaden will sie zu einer Marionette machen.

Petruchio. O ungeheure Frechheit! – Du lügst, du Zwirn,
Du Fingerhut, du Elle,
Dreiviertel-, Halbe-, Viertelelle, Zoll!
Du Floh! du Mücke! Winterheimchen du!
Trotzt mir im eignen Haus ein Faden Zwirn?
Fort, Lappen du! du Überrest, du Zutat!
Sonst mess' ich mit der Elle dich zurecht,
Daß du zeitlebens solch Gewäsch verlernst.
Ich sag' es, ich! du hast ihr Kleid verpfuscht.

Schneider. Eu'r Gnaden irrt, das Kleid ist so gemacht
Just so, wie's meinem Meister ward befohlen.
Grumio gab Order, wie es werden sollte.

Grumio. Ich gab nicht Order; Zeug hab' ich gegeben.

Schneider. Und wie verlangtet Ihr's von ihm gemacht?

Grumio. Zum Henker, Herr, mit Nadel und mit Zwirn.

Schneider. Doch sagt, nach welchem Schnitt Ihr's habt bestellt?

Grumio. Du hast wohl schon allerlei geschnitten?

Schneider. O ja, das habe ich.

Grumio. Schneide mir aber kein Gesicht. Du hast auch schon manchen herausgeputzt, mich verschone aber mit deinen Ausputzern. Ich sage dir, ich hieß deinen Meister, er solle das Kleid schneiden; ich hieß ihm aber nicht, es in Stücke schneiden: ergo, du lügst.

Schneider. Nun, hier ist der Zettel mit der Bestellung, mir zum Zeugen.

Petruchio. Lies ihn.

Grumio. Der Zettel lügt in seinen Hals, wenn er sagt, ich habe es so bestellt.

Schneider. „In primis, ein freies, loses Kleid."

Grumio. Herr, wenn ich ein Wort von freiem, losem Wesen gesagt habe, so näht mich in des Kleides Schleppe und schlagt mich mit einem Knäuel braunen Zwirn tot, ich sagte bloß Kleid.

Petruchio. Weiter.

Schneider. „Mit einem kleinen runden Kragen."

Grumio. Ich bekenne den Kragen.

Schneider. „Mit einem Pauschärmel."

Grumio. Ich bekenne zwei Ärmel.

Schneider. „Die Ärmel niedlich zugespitzt und ausgeschnitten."

Petruchio. Ja, das ist die Spitzbüberei.

Grumio. Der Zettel lügt, Herr, der Zettel lügt. Ich befahl, die Ärmel sollten ausgeschnitten und wieder zugenäht werden, und das will ich an dir gutmachen, wenn auch dein kleiner Finger mit einem Fingerhut gepanzert ist.

Schneider. Was ich gesagt habe, ist doch wahr, und hätte ich dich nur, ich weiß wohl, wo, du solltest es schon erfahren.

Grumio. Ich steh' dir gleich bereit; nimm du die Rechnung, gib mir die Elle und schone mich nicht.

Hortensio. Ha! ha! Grumio, dabei käme er zu kurz.

Petruchio. Nun, kurz und gut, das Kleid ist nicht für mich.

Grumio. Da habt Ihr recht, 's ist für die gnäd'ge Frau.

Petruchio. Geh, nimm es auf zu deines Herrn Gebrauch.

Grumio. Schurke, bei deinem Leben nicht. Meiner gnädigen Frau das Kleid aufnehmen zu deines Herrn Gebrauch?

Petruchio. Nun, Mensch, was denkst du dir dabei?

Grumio. O Herr, die Meinung geht tiefer als Ihr denkt. Meiner gnädigen Frau Kleid aufnehmen zu seines Herrn Gebrauch? o pfui! pfui! pfui!

Petruchio *(beiseit)*.
Hortensio, sag, du wollst dem Schneider zahlen. *(Laut.)*
Geh! nimm es mit fort, und kein Wort nun weiter!

Hortensio. Schneider, das Kleid bezahl' ich morgen dir,
Und nimm die hast'gen Reden ihm nicht übel.
Geh, sag' ich dir, und grüß mir deinen Meister.

(Schneider ab.)

Petruchio. So, Käthchen, komm! Besuchen wir den Vater
So wie wir sind, in unsern schlichten Kleidern;
Stolz soll der Beutel sein, der Anzug arm,

Denn nur der Geist macht unsern Körper reich.
Und wie die Sonne bricht durch trübste Wolken,
So strahlt aus niedrigstem Gewand die Ehre.
Was? ist der Häher edler als die Lerche,
Weil sein Gefieder bunter fällt ins Auge?
Und ist die Otter besser als der Aal,
Weil ihre fleck'ge Haut das Aug' ergötzt?
O Käthchen, nein; so bist auch du nicht schlimmer
Um diese arme Tracht und schlechte Kleidung.
Doch hältst du's schimpflich so, gib mir die Schuld,
Und drum frisch auf, wir wollen gleich dahin,
Beim Vater froh und guter Dinge sein. –
Geht, meine Leute ruft, gleich reiten wir,
Die Pferde führt zum Heckentor hinaus,
Da setzen wir uns auf, und gehn so weit.
Laßt sehn, ich denk', es ist jetzt sieben Uhr,
Wir können dort sein noch zum Mittagsessen.

Katharina. Herr, ich versich'r Euch, es hat zwei geschlagen,
Und kaum zum Abendessen kommt Ihr hin.

Petruchio. Es soll nun sieben Uhr sein, eh wir reiten.
Sieh, was ich sag' und tu' und möchte tun,
Stets mußt du widersprechen! Leute, laßt uns!
Ich will nun heut nicht fort! Und eh ich reite,
Da soll's die Stunde sein, die ich gesagt.

Hortensio. Der große Herr stellt gar die Sonne rückwärts!

(Gehn ab.)

Vierter Auftritt

Straße in Padua

*Tranio und der **Magister**, als Vincentio gekleidet, treten auf.*

Tranio. Dies ist das Haus, Signor, sagt, soll ich rufen?

Magister. Jawohl! Was sonst? Und wenn ich mich nicht täusche,
Muß sich Signor Baptista mein erinnern;
Bald sind es zwanzig Jahr; in Genua war's,
Da wohnten beide wir im Pegasus.

Tranio. So ist es recht. Bleibt nur in dem Charakter,
Seid strenge, wie es einem Vater ziemt.

***Biondello** kommt.*

Magister. Seid unbesorgt. Doch seht, hier kommt Eu'r Bursch,
Den müßt Ihr noch belehren.

Tranio. Um den seid unbekümmert. He, Biondello,
Nimm dich zusammen, ja, das rat' ich dir,
Halt fest im Sinn, dies sei Vincentio.

Biondello. Ei, das ist meine Sache.

Tranio. Doch hast du's auch Baptista angemeldet?

Biondello. Der Alte, sagt' ich ihm, sei in Venedig,
Und daß Ihr heut in Padua ihn erwartet.

Tranio. Du bist ein tücht'ger Kerl; nimm das zum Trinken.
Hier kommt Baptista, nun macht ernste Mienen.

***Baptista**. und **Lucentio**. kommen.*

Tranio. Signor Baptista! glücklich angetroffen!
Vater,
Dies ist der Herr, von dem ich Euch erzählt.

Ich bitt' Euch, handelt väterlich an mir,
Gebt mir mein Erbteil nun um Biankas willen.

Magister. Sacht, sacht, mein Sohn! –
Mit Eurer Gunst, mein Herr. Nach Padua kommend,
Um Schulden einzufordern, setzt mein Sohn
In Kenntnis mich von einer großen Sache,
Betreffend sein' und Eurer Tochter Liebe.
Und teils des Rufes halb, in dem Ihr steht,
Teils um des Liebesbunds von seiner Seite,
Sowie von ihrer – nicht ihn hinzuhalten,
Stimm' ich dazu, in väterlicher Sorgfalt,
Ihn bald vermählt zu sehn; und sagt Ihr „ja“
So williglich als ich, sollt Ihr mich sicher
(Verständ'gen wir uns erst) höchst dienstlich finden,
Damit gemeinsam der Kontrakt sich schließe.
Denn schwierig kann ich gegen Euch nicht sein,
Mein Teurer, Eures guten Rufes halb!

Baptista. Verzeiht, Signor, was ich erwidern muß.
Eu'r bünd'ger kurzer Antrag ist mir lieb;
So viel ist wahr, Lucentio, Euer Sohn,
Liebt meine Tochter, und sie liebt ihn wieder,
Wenn beide nicht die größten Heuchler sind.
Deshalb, wenn Ihr nichts weiter habt zu sagen,
Als daß Ihr wie ein Vater an ihm handeln
Und meinem Kind ein Wittum wollt verschreiben,
So ist es gut; die Heirat ist gemacht,
Eu'r Sohn erhält mein Kind mit gutem Willen.

Tranio. Ich dank' Euch, Herr. Wo scheint's Euch wohl am besten,
Uns zu verloben und den Ehkontrakt
Nach gegenseitigem Vertrag zu stiften?

Baptista. Nur nicht bei mir; Ihr wißt, es haben Ohren
Die Wände, meine Dienerschaft ist groß,
Der alte Gremio auch paßt immer auf,
So kann man dort gar leicht uns unterbrechen.

Tranio. In meiner Wohnung denn, wenn's Euch gefällt;
Dort wohnt mein Vater; dort, noch diesen Abend,
Verhandeln wir die Sache still und heimlich.
Schickt diesen Diener hin zu Eurer Tochter;
Mein Bursch soll gleich uns den Notar besorgen.
Das Schlimmste bleibt, daß, hastig so bestellt,
Ihr hast'ge, magre Vorbereitung findet.

Baptista. Das gilt mir gleich. Nun, Cambio, eilt nach Haus,
Und sagt an Bianka, sich bereit zu halten,
Und wenn Ihr wollt, erzählt, was sich begeben:
Lucentios Vater kam nach Padua,
Und sie wird nun wohl bald Lucentios Frau.

Lucentio. Daß dies gescheh', fleh' ich zu allen Göttern!

Tranio. Halt dich nicht auf mit Göttern, sondern geh.
Signor Baptista, zeig' ich Euch den Weg?
Willkomm'! – Ihr trefft wohl heut nur eine Schüssel,
In Pisa mach' ich's wieder gut.

Baptista. Ich folg' euch. *(Tranio, Magister und Baptista ab.)*

Biondello. Cambio!

Lucentio. Was sagst du, Biondello?

Biondello. Ihr saht doch meinen Herrn mit den Augen blinzeln und Euch anlachen?

Lucentio. Und das heißt, Biondello?

Biondello. Ei, das heißt nichts; aber er ließ mich hier zurück, Euch den Sinn und die Moral seiner Zeichen auszulegen.

Lucentio. Nun so bitte ich dich, kommentiere sie denn.

Biondello. Also denn wie folgt: Baptista ist fest, und schwatzt mit dem trügenden Vater eines trügerischen Sohns.

Lucentio. Nun, und was weiter?

Biondello. Ihr sollt seine Tochter zum Abendessen führen.

Lucentio. Und dann?

Biondello. Der alte Pfarrer an der Sankt Lukaskirche steht Euch jede Stunde zu Gebot.

Lucentio. Und was soll nun das alles?

Biondello. Das weiß ich nicht; nur das weiß ich, daß sie sich jetzt mit einer nachgemachten Versicherung beschäftigen. Denkt Ihr nun darauf Euch ihrer zu versichern, cum privilegio ad imprimendum solum; macht, daß Ihr zur Kirche kommt, nehmt Pfarrer, Küster und ein paar gültige Zeugen mit,
Und hilft Euch nicht zum Ziele, was ich Euch jetzt erdacht,
Sagt Eurer schönen Bianka nur auf ewig gute Nacht.

Lucentio. Höre noch, Biondello . . .

Biondello. Ich habe keine Zeit. Ich kenne ein Mädchen, die verheiratete sich an einem Nachmittag, als sie in den Garten ging und Petersilie pflückte, um ein Kaninchen zu füllen; warum denn nicht auch Ihr, Herr? und so lebt wohl. Mein Herr hat mir aufgetragen, nach Sankt Lukas zu gehn, damit der Pfarrer zur Hand sei, wenn Ihr mit Eurem Appendix ankommen werdet. *(Ab.)*

Lucentio. Ich kann und will, wenn sie's zufrieden ist.
Sie wird es tun, weshalb denn sollt' ich zweifeln?

Mag's gehn, wie's will. Zu ihr! Mein Herz vertraut ihr,
Cambio, frisch auf. Erwirb die holde Braut dir. *(Ab.)*

Fünfter Auftritt

Feld

Petruchio, Katharina und Hortensio treten auf.

Petruchio. Um's Himmels willen schnell! Nochmals: zum Vater! –
Mein Gott! wie hell und freundlich scheint der Mond!

Katharina. Der Mond? die Sonne! Jetzt scheint ja nicht der Mond!

Petruchio. Ich sag', es ist der Mond, der scheint so hell.

Katharina. Ich weiß gewiß, die Sonne scheint so hell.

Petruchio. Bei meiner Mutter Sohn, und das bin ich,
Mond soll's sein, oder Stern, oder was ich will,
Eh ich zu deinem Vater weiterreise.
Geht nur und holt die Pferde wieder her.
Stets Widerspruch! und nichts als Widerspruch!

Hortensio. Gebt ihm doch recht, sonst kommt Ihr nicht vom Fleck.

Katharina. Nein, bitt' Euch, kommt, da wir so weit gelangt;
Sei's Mond und Sonn' und was dir nur gefällt,
Und wenn du willst, magst du's ein Nachtlicht nennen;
Ich schwör', es soll für mich dasselbe sein.

Petruchio. Ich sag', es ist der Mond.

Katharina. Natürlich ist's der Mond.

Petruchio. Ei, wie du lügst! 's ist ja die liebe Sonne!

Katharina. Ja, lieber Gott! es ist die liebe Sonne!
Doch nicht die Sonne, wenn du's anders willst,
Der Mond auch wechselt, wie es dir gelüstet,
Und wie du's nennen willst, das ist es auch,
Und soll's gewiß für Katharinen sein.

Hortensio. Glück auf, Petruchio, denn der Sieg ist dein.

Petruchio. Nun vorwärts denn! So läuft die Kugel recht
Und nicht verdreht mehr gegen ihre Richtung.
Doch still! Was für Gesellschaft kommt uns da?

Vincentio in Reisekleidern tritt auf.

Petruchio *(zum Vincentio)*.
Gott grüß' Euch, schönes Mädchen! Wohinaus?
Sprich, liebes Käthchen, sprich recht offenherzig,
Sahst du wohl je ein frischres Frauenbild?
Wie kämpft auf ihrer Wange Rot und Weiß!
Nie funkeln wohl zwei Sterne so am Himmel,
Wie an dem Himmelsantlitz ihre Augen.
Du holdes Kind, noch einmal guten Morgen.
Käthchen, umarm sie ihrer Schönheit wegen.

Hortensio. Er macht den Mann noch toll, den er zur Frau macht.

Katharina. Aufblühnde Schöne! frische Mädchenknospe,
Wohin des Weges? Wo ist deine Heimat?
Glücksel'ge Eltern von so schönem Kind!
Glücksel'ger noch der Mann, dem günst'ge Sterne
Zur holden Ehgenossin dich bestimmten!

Petruchio. Was! Käthchen! Ei, ich hoff', du bist nicht toll?
Das ist ein Mann, alt, runzlig, welk und grau,
Und nicht ein Mädchen, wie du doch behauptest.

Katharina. Verzeiht dem Wahn der Augen, alter Vater;
Die Sonne traf mir blendend das Gesicht,
Und was ich sah, erschien mir jung und grün.
Nun merk' ich erst, Ihr seid ein würd'ger Greis,
Verzeiht, bitt' ich, dies törichte Verkennen.

Petruchio. Tu's, guter alter Mann, und laß uns wissen,
Wohin du reisest. Ist es unser Weg,
Soll die Gesellschaft uns erfreulich sein.

Vincentio. Mein werter Herr und schöne muntre Dame,
Die durch solch seltsam Grüßen mich erschreckt,
Vincentio heiß' ich, komm' aus Pisa her,
Nach Padua geh' ich jetzt, dort zu besuchen
Den Sohn, den ich seit lange nicht gesehn.

Petruchio. Wie heißt er? sagt!

Vincentio. Lucentio, edler Herr.

Petruchio. Das trifft sich gut, für deinen Sohn am besten,
Und nach Verwandtschaft nun, wie nach dem Alter
Mag ich Euch jetzt „geliebter Vater“ nennen.
Die Schwester meiner Frau hier, dieser Dame,
Ist deines Sohnes Weib jetzt; staune nicht,
Noch zürne drum. Untadlig ist ihr Ruf,
Die Mitgift reich, sie selbst aus gutem Hause,
Auch außerdem von Sitt' und Eigenschaft
Wie eines Edelmanns Gemahlin ziemt.
Erlaubt, Vincentio, daß ich Euch umarme,
Und gehn wir, deinen wackern Sohn zu sehn,
Den deine Ankunft sicher hoch erfreut.

Vincentio. Ist's Wahrheit? oder ist's nur kecker Mutwill',
Daß Ihr als lust'ger Reisender die Laune
An Fremden übt, die auf der Straß' Ihr findet?

Hortensio. Nein, ich versichr' Euch, alter Herr, so ist's.

Petruchio. Komm, geh nur mit und sieh die Wahrheit selbst,
Du traust wohl nicht, weil wir dich erst geneckt.

(Petruchio, Katharina und Vincentio ab.)

Hortensio. Petruchio, schön! du hast mir Herz gemacht!
Zur Witwe! wär' sie noch so widerspenstig,
Jetzt hast du Selbstvertraun und Mut und kennst dich. *(Ab.)*

FÜNFTER AUFZUG

Erster Auftritt

Straße

Von der einen Seite treten auf ***Biondello, Lucentio*** *und* ***Bianka, Gremio*** *geht auf und ab, ihnen gegenüber.*

Biondello. Nur schnell und still, Herr, denn der Priester wartet.

Lucentio. Ich fliege, Biondello, aber sie haben dich vielleicht im Hause nötig, darum verlaß uns.

Biondello. Nein, meiner Treu', erst müßt Ihr die Kirche im Rücken haben, und dann will ich zu meinem Herrn zurück, sobald ich kann.

(Lucentio, Bianka und Biondello ab.)

Gremio. Mich wundert, wo nur Cambio bleiben mag.

Petruchio, Katharina, Vincentio und Diener treten auf.

Petruchio. Hier ist die Tür, dies ist Lucentios Haus,
Mein Vater wohnt mehr nach dem Markte zu,
Dorthin muß ich, und also lass' ich Euch.

Vincentio. Ihr müßt durchaus mit mir vorher noch trinken,
Ich denk', ich kann Euch hier als Wirt begrüßen,
Und angerichtet finden wir wohl auch. *(Klopft an die Tür.)*

Gremio. Sie haben Geschäfte da drinnen, Ihr müßt stärker klopfen.

Magister oben am Fenster.

Magister. Wer klopft denn da, als wollt' er die Tür einschlagen?

Vincentio. Ist Signor Lucentio zu Hause, Herr?

Magister. Zu Hause ist er, Herr, aber nicht zu sprechen.

Vincentio. Wenn ihm nun aber jemand ein- oder zweihundert Pfund brächte, daß er sich einen guten Tag mache?

Magister. Behaltet Eure hundert Pfund für Euch, er hat sie nicht nötig, solange ich lebe.

Petruchio. Nun, ich hab's Euch wohl gesagt, Euer Sohn sei in Padua beliebt. – Hört einmal, Herr, ohne viel unnütze Weitläufigkeit, sagt doch, ich bitte Euch, dem jungen Herrn Lucentio, sein Vater sei von Pisa angekommen und stehe hier an der Tür, um ihn zu sprechen.

Magister. Du lügst. Sein Vater ist von Pisa angekommen und guckt hier aus dem Fenster.

Vincentio. Bist du sein Vater?

Magister. Ja, Herr, so sagt mir seine Mutter, wenn ich ihr glauben darf.

Petruchio. Was soll das heißen, guter Freund? Das ist ja offenbare Schelmerei, daß Ihr einen fremden Namen annehmt.

Magister. Legt Hand an den Schurken! Er denkt wohl jemand hier in der Stadt unter meiner Maske zu betrügen?

Biondello kommt zurück.

Biondello. Ich habe sie in der Kirche zusammen gesehn; der Himmel verleih' ihnen günstigen Wind. Aber was ist hier? Mein alter Herr Vincentio? Nun sind wir alle verloren und zugrunde gerichtet!

Vincentio. Komm her, du Galgenstrick.

Biondello. Ich hoffe, das kann ich bleiben lassen!

Vincentio. Komm hierher, Spitzbube! Was, hast du mich vergessen?

Biondello. Euch vergessen? Nein, Herr, ich konnte Euch nicht vergessen, denn ich habe Euch in meinem Leben nicht gesehn.

Vincentio. Was, du ausgemachter Schelm! Deines Herrn Vater, Vincentio, nie gesehn?

Biondello. Was! meinen würdigen, liebewerten alten Herrn? Ei, versteht sich, Signor, da guckt er ja zum Fenster heraus!

Vincentio. Ist dem wirklich so? *(Schlägt ihn.)*

Biondello. Hilfe! Hilfe! hier ist ein verrückter Mensch, der mich umbringen will. *(Läuft davon.)*

Magister. Zu Hilfe, mein Sohn! Zu Hilfe, Signor Baptista!

Petruchio. Komm, liebes Käthchen, laß uns zurücktreten und warten, wie dieser Handel ablaufen wird.

(Sie gehn auf die Seite.)

***Magister, Baptista, Tranio** und **Diener** treten auf.*

Tranio. Herr, wer seid Ihr denn, daß Ihr Euch herausnehmt, meinen Diener zu schlagen?

Vincentio. Wer ich bin, Herr? Nun, Herr, wer seid denn Ihr? O ihr unsterblichen Götter! O du geputzter Schlingel! Ein seidnes Wams, samtne Hosen, ein Scharlachmantel und ein hochgespitzter Hut! O ich bin verloren, ich bin verloren! Unterdes ich zu Hause den guten Wirt mache, bringen mein Sohn und mein Bedienter alles auf der Universität durch!

Tranio. Nun, was gibt's denn?

Baptista. Was! Ist der Mensch mondsüchtig?

Tranio. Herr, nach Eurer Tracht scheint Ihr ein stiller, alter Mann, aber Eure Reden verraten Euch als einen Verrückten. Ei, Herr, was geht's denn Euch an, und wenn ich Gold und Perlen trage? Dank sei es meinem guten Vater, ich bin imstande, es dran zu wenden!

Vincentio. Dein Vater, o Spitzbube! der ist ein Segelmacher in Bergamo!

Baptista. Ihr irrt Euch, Herr, Ihr irrt Euch! Sagt mir doch, wie denkt Ihr denn, daß er heißt?

Vincentio. Wie er heißt! Als wüßte ich nicht, wie er heißt! Ich habe ihn vom dritten Jahr auf großgezogen, und sein Name ist Tranio.

Magister. Fort mit dir, du toller Esel! Er heißt Lucentio und ist mein einziger Sohn und Erbe aller meiner, des Signor Vincentio, Güter.

Vincentio. Lucentio? Oh, er hat seinen Herrn umgebracht! Verhaftet ihn, ich befehle es Euch im Namen des Dogen. Oh, mein Sohn! mein Sohn! Sag mir, Bösewicht, wo ist mein Sohn Lucentio?

Tranio. Ruft einen Gerichtsdiener her.
(Einer von den Bedienten geht und holt einen Gerichtsdiener.)
Bringt diesen verrückten Menschen ins Gefängnis. Vater Baptista, ich mache es Euch zur Pflicht, ihn fortzuschaffen.

Vincentio. Mich ins Gefängnis bringen?

Gremio. Haltet, Gerichtsdiener, er soll nicht in Verhaft!

Baptista. Redet nicht drein, Signor Gremio, ich sage, er soll in Verhaft.

Gremio. Nehmt Euch in acht, Signor Baptista, daß Ihr nicht durch diese Geschichte hinters Licht geführt werdet; ich getraue mir's darauf zu schwören, dies sei der rechte Vincentio.

Magister. Schwöre, wenn du's dir getrauest.

Gremio. Nein, zu schwören getraue ich mir's just nicht.

Tranio. So solltest du lieber auch sagen, ich sei nicht Lucentio?

Gremio. Ja, dich kenne ich als den Signor Lucentio.

Baptista. Fort mit dem alten Narren, in Arrest mit ihm.

Vincentio. So werden Fremde fortgeschickt und gemißhandelt! O abscheulicher Bösewicht!

***Biondello** kommt zurück mit **Lucentio** und **Bianka**.*

Biondello. Ja, wir sind zugrunde gerichtet, und . . . dort ist er, verleugnet ihn, verschwört ihn, sonst sind wir alle verloren!

Lucentio *(kniend)*. Verzeiht mir, Vater!

Vincentio. Lebst du, liebster Sohn?

(Biondello, Tranio und der Magister laufen davon.)

Bianka *(kniend)*. Verzeiht, o Vater!

Baptista. Was hast du getan?
Wo ist Lucentio?

Lucentio. Hier. Ich bin Lucentio,
Rechtmäß'ger Sohn des wirklichen Vincentio.
Durch heil'ges Recht ward deine Tochter mein,
Indes dein Auge täuscht' ein falscher Schein.

Gremio. Nun ja! das nenn' ich tücht'ge Schelmerei, uns alle zu betrügen!

Vincentio. Wo blieb denn Tranio, der verdammte Wicht.
Der prahlt' und Trotz mir bot ins Angesicht?

Baptista. Ei, sagt mir, ist nicht dies mein Cambio?

Bianka. Hier; umgewandelt in Lucentio.

Lucentio. Dies Wunder tat die Liebe. Biankas Liebe
Ließ meinen Stand mit Tranio mich vertauschen,
Indes er meine Rolle hier gespielt.
Und freudig bin ich endlich eingelaufen
In den ersehnten Hafen meines Glücks.
Was Tranio tat, dazu zwang ich ihn selbst,
Verzeiht ihm, mir zuliebe, teurer Vater.

Vincentio. Ich will dem Schurken die Ohren abschneiden, der mich ins Gefängnis schicken wollte.

Baptista. Aber hört, Herr, Ihr habt also meine Tochter geheiratet, ohne nach meiner Einwilligung zu fragen?

Vincentio. Seid unbesorgt, wir stellen Euch zufrieden! Doch ich muß fort und strafen die arge Büberei. *(Ab.)*

Baptista. Und ich den Grund erforschen all dieser
Schelmerei. *(Ab.)*

Lucentio. Geliebte, Mut, dein Vater wird versöhnt.

(Lucentio und Bianka ab.)

Gremio. Mein Kuchen ist noch zäh, doch geh' ich mit ins Haus,
Hab' ich schon nichts zu hoffen, als meinen Teil am Schmaus.

(Ab.)

***Petruchio** und **Katharina** treten vor.*

Katharina. Komm, lieber Mann, zu sehn, was daraus wird.

Petruchio. Erst küsse mich, Käthchen, dann wollen wir gehn.

Katharina. Was! hier auf offner Straße?

Petruchio. Was? schämst du dich meiner?

Katharina. Nein, Gott bewahre; aber ich schäme mich,
dich hier zu küssen.

Petruchio. Nun dann nur fort nach Hause. He! Bursch! gleich reiten wir.

Katharina. Da hast du deinen Kuß. Nicht wahr, nun bleibst du hier?

Petruchio. Ist das nun so nicht besser? Mein liebstes Käthchen, sieh,
Einmal besser als keinmal, und besser spät als nie. *(Ab.)*

Zweiter Auftritt

Zimmer

Ein Bankett wird gebracht. ***Baptista, Vincentio, Gremio,*** *der* ***Magister, Lucentio, Bianka, Petruchio, Katharina, Hortensio*** *und die* ***Witwe*** *treten auf;* ***Tranio, Biondello, Grumio*** *und andere warten auf.*

Lucentio. Zwar spät, doch endlich stimmt, was Mißklang schien,
Und Zeit ist's, wenn der wilde Krieg vorüber,
Der Angst zu lächeln, der bestandnen Not.
Begrüß, geliebte Bianka, meinen Vater,
Mit gleicher Zärtlichkeit begrüß' ich deinen.
Bruder Petruchio, Schwester Katharine,
Und du, Hortensio, mit der lieben Witwe,
Trinkt, seid vergnügt, willkommen meinem Hause!
Es diene dies Bankett nun zum Beschluß
Nach unserm großen Gastmahl. Bitte, setzt euch,
So gut zum Schwatzen ist's, als um zu essen.

(Sie setzen sich.)

Petruchio. Und nichts als sitzen, sitzen, essen, essen.

Baptista. Die Freundlichkeit ist heimisch hier in Padua.

Petruchio. Was nur in Padua heimisch, find' ich freundlich.

Hortensio. Uns beiden wünsch' ich, dieses Wort sei wahr.

Petruchio. Nun, auf mein Wort! Hortensio scheut die Witwe.

Witwe. Nein, glaubt mir nur, ich scheue mich vor niemand.

Petruchio. Wie sinnreich sonst, doch fehlt Ihr meinen Sinn;
Ich meint', Hortensio scheue sich vor Euch.

Witwe. Wer schwindlicht ist, der denkt, die Welt geht rund.

Petruchio. Ei! rund erwidert.

Katharina. Sagt, wie meint Ihr das?

Witwe. Ich zahl' ihm nur in gleicher Münze wieder,
Was ich von ihm empfing.

Petruchio. Von mir empfing sie?
Hortensio, wie gefällt dir das? laß hören!

Hortensio. Wie sie die Red empfangen, meint die Witwe.

Petruchio. Gut eingelenkt! Küßt ihn dafür, Frau Witwe.

Katharina. „Wer schwindlicht ist, der denkt, die Welt geht rund“,
Ich bitt' Euch, sagt mir, was Ihr damit meintet?

Witwe. Eu'r Mann, der sich 'ne Widerspenst'ge nahm,
Mißt meines Mannes Kreuz nach seinem Gram.
Das war's, was ich gemeint.

Katharina. So war's gemein gemeint.

Witwe. Ja, denn Euch meint' ich.

Katharina. Ich wär' gemein, gäb' ich noch acht auf Euch.

Petruchio. Drauflos, Käthchen!

Hortensio. Drauflos, Witwe!

Petruchio. Einhundert Mark, mein Käthchen kriegt sie unter!

Hortensio. Das wär' mein Amt.

Petruchio. Gesprochen wie ein Amtmann! Auf dein Wohl!

(Trinkt dem Hortensio zu.)

Baptista. Was sagt Freund Gremio zu dem schnellen Witz?

Gremio. Sie stoßen mit den Köpfen gut zusammen.

Bianka. Wie, Stoß und Kopf? Ein Witzkopf möchte sagen,
Eu'r Kopf und Stoß sei nur wie Kopf und Horn.

Vincentio. So, Fräulein Braut? hat Euch das aufgeweckt?

Bianka. O ja, doch nicht erschreckt; drum schlaf' ich fort.

Petruchio. Das sollt Ihr nicht; weil Ihr einmal begonnen,
Müßt Ihr noch zwei, drei spitze Worte dulden.

Bianka. Bin ich Eu'r Wild? so wechsl' ich das Revier;
Verfolgt mich denn und zielt mit Eurem Bogen.
Willkommen seid ihr alle.

(Bianka ab mit Katharina und der Witwe.)

Petruchio. Sie hat nicht standgehalten, Signor Tranio,
Ihr zieltet nach dem Vogel, traft ihn nicht;
Gesundheit jedem, der da schießt und fehlt!

Tranio. O Herr, Lucentio hetzte mich als Windhund.
Der läuft für sich und fängt für seinen Herrn.

Petruchio. Ein gutes, schnelles Bild, nur etwas hündisch.

Tranio. Doch daß *Ihr* für Euch selbst gejagt, war gut,
Denn Euer Wild, so meint man, führt Euch weit.

Baptista. Oho, Petruchio, Tranio traf Euch jetzt.

Lucentio. Ich danke dir den Hieb, mein guter Tranio!

Hortensio. Bekennt, bekennt: hat er Euch nicht getroffen?

Petruchio. Ich muß gestehn, er streifte mich ein wenig,
Und da der Witz an mir vorbeigeflogen,
Zehn gegen eins, so traf er Euch ins Herz.

Baptista. Nun, das ist ausgemacht, mein Sohn Petruchio,
Ihr habt die Widerspenstigste von allen.

Petruchio. Ich aber sage nein. Dies zu beweisen,
Laßt jeden Botschaft senden seiner Frau,
Und wessen Frau vor allen folgsam ist
Und kommt zuerst, wenn er sie rufen läßt,
Gewinnt die Wette, die wir hier bestimmen.

Hortensio. Genehmigt. Wieviel setzt ihr?

Lucentio. Zwanzig Kronen.

Petruchio. Zwanzig Kronen?
So viel setz' ich auf meinen Hund und Falken,
Doch zwanzigmal so viel auf meine Frau.

Lucentio. Einhundert denn!

Hortensio. Genehmigt!

Petruchio. Topp! es sei.

Hortensio. Wer macht den Anfang?

Lucentio. Das will ich. – Biondello,
Sag meiner Frau, sie solle zu mir kommen.

Biondello. Ich geh'. *(Ab.)*

Baptista. Halbpart, Herr Sohn, daß Bianka kommt.

Lucentio. Nichts halb; ich will das Ganze mir gewinnen.

__Biondello__ kommt zurück.

Lucentio. Wie nun? Was gibt's?

Biondello. Herr, unsre Frau läßt sagen,
Daß sie zu tun hat und nicht kommen kann.

Petruchio. Aha! sie hat zu tun und kann nicht kommen!
Heißt das antworten?

Gremio. Ja, und noch recht höflich;
Wenn Eure nur nichts Schlimmres läßt erwidern.

Petruchio. Ich hoffe Beßres.

Hortensio. Geh, Bursch, zu meiner Frau, ersuche sie,
Sogleich zu kommen. *(Biondello ab.)*

Petruchio. Oho! ersuche sie!
Dann muß sie freilich kommen!

Hortensio. So? ich fürchte,
Bei Eurer wird Euch kein Ersuchen helfen.

__Biondello__ kommt zurück.

Hortensio. Nun, wo ist meine Frau?

Biondello. Sie sagt, Ihr habt wohl einen Scherz im Sinn,
Sie komme nicht; sie wünscht, Ihr kommt zu ihr.

Petruchio. Schlimmer und schlimmer! Will sie nicht? O schmählich,
Nicht auszuhalten, völlig unerträglich!
Du, Grumio, geh sogleich zu meiner Frau,
Sag, ich *befehl* ihr, sie soll zu mir kommen!

(Grumio ab.)

Hortensio. Ich weiß die Antwort!

Petruchio. Nun?

Hortensio. Sie wolle nicht.

Petruchio. So schlimmer steht's um mich, und damit gut.

Katharina kommt.

Baptista. Nun heil'ger Gott! seht, da kommt Katharine!

Katharina. Was wollt Ihr, Herr, daß Ihr nach mir gesandt?

Petruchio. Wo ist Hortensios Frau und deine Schwester?

Katharina. Da drinn' am Feuer sitzen sie und schwatzen.

Petruchio. Geh, hol sie her; und wollen sie nicht kommen,
Führ sie gegeißelt ihren Männern her!
Geh, sag' ich, bringe sie uns augenblicks. *(Katharina ab)*

Lucentio. Hier ist ein Wunder, wollt Ihr Wunder sehn.

Hortensio. Jawohl! mich wundert, was nur das bedeute!

Petruchio. Ei, Friede deutet's, Lieb' und ruhig Leben,
Ehrwürdig Regiment, rechtmäß'ge Herrschaft,
Kurz, was nur irgend süß und glücklich ist.

Baptista. Nun, dir sei alles Heil, guter Petruchio.
Die Wett' ist dein; ich aber füge noch
Zu dem Gewinste zwanzigtausend Kronen,
Der andern Tochter eine andre Mitgift;
Denn anders ist sie, als sie je gewesen.

Petruchio. Ich will die Wette besser noch gewinnen,
Sie soll mehr Zeichen von Gehorsam geben,
Der neuerworbnen Zucht und Unterwerfung.

Katharina kommt zurück mit Bianka und der Witwe.

Petruchio. Nun seht, sie kommt und bringt die trotz'gen Weiber,
Gefangne weiblicher Beredsamkeit. –

Die Haube, Katharine, steht dir nicht;
Fort mit dem Plunder! tritt sie gleich mit Füßen!

(Katharina tut es.)

Witwe. Gott, laß mich Ursach' nie zum Kummer haben,
Bis ich so albern mich betragen werde!

Bianka. Pfui! das ist ja ein läppischer Gehorsam!

Lucentio. Ei, wäre dein Gehorsam nur so läppisch!
Deines Gehorsams Weisheit, schöne Bianka,
Bringt mich um hundert Kronen seit der Mahlzeit.

Bianka. So kind'scher du, darauf etwas zu wetten!

Petruchio. Kathrine, dir befehl' ich:
Erklären sollst du den starrköpf'gen Weibern,
Was sie für Pflicht dem Herrn und Ehmann schuldig.

Witwe. Ei was, Ihr scherzt, wir wollen keine Predigt.

Petruchio. Tu's, sag' ich dir, und mach mit der den Anfang!

Witwe. Nein doch.

Petruchio. Ja, sag' ich, mach mit der den Anfang!

Katharina, Pfui, pfui! entrunzle diese drohnde Stirn
Und schieß nicht zorn'ge Pfeil' aus diesen Augen,
Verwundend deinen König, Herrn, Regierer,
Das tötet Schönheit wie der Frost die Flur,
Zerstört den Ruf wie Wirbelwind die Blüten,
Und niemals ist es recht noch liebenswert.
Ein zornig Weib ist gleich getrübter Quelle
Unrein und sumpfig, widrig, ohne Schönheit;
Und ist sie so, wird keiner noch so durstig,
Sie würd'gen einen Tropfen draus zu schlürfen.

Dein Ehmann ist dein Herr, ist dein Erhalter,
Dein Licht, dein Haupt, dein Fürst, er sorgt für dich
Und deinen Unterhalt, gibt seinen Leib
Mühsel'ger Arbeit preis zu Land und Meer,
Wacht Nächte durch in Sturm, und Tag' in Kälte,
Wenn du im Hause warm und sicher ruhst.
Und fordert zum Ersatz nicht andern Lohn
Als Liebe, freundlich Blicken und Gehorsam,
Zu kleine Zahlung für so große Schuld.
Die Pflicht, die der Vasall dem Fürsten zollt,
Die ist die Frau auch schuldig ihrem Gatten.
Und ist sie trotzend, launisch, trüb und bitter,
Und nicht gehorsam billigem Gebot,
Was ist sie als ein tückischer Rebell,
Sünd'ger Verräter an dem lieben Herrn?
Wie schäm' ich mich, daß Frau'n so albern sind!
Sie künden Krieg und sollten knien um Frieden!
O daß sie herrschen, lenken, trotzen wollen,
Wo sie nur schweigen, lieben, dienen sollen!
Weshalb ist unser Leib zart, sanft und weich,
Kraftlos für Müh' und Ungemach der Welt,
Als daß ein weiches Herz, ein sanft Gemüte
Als zarter Gast die zarte Wohnung hüte?
O kommt, ihr eigensinn'gen, schwachen Würmer!
Mein Sinn war hart wie einer nur der euern,
Mein Herz so groß, mein Grund vielleicht noch besser,
Um Wort mit Wort, um Zorn mit Zorn zu schlagen.
Jetzt seh' ich's, unsre Lanzen sind nur Stroh,
Gleich schwach wir selbst, schwach wie ein hilflos Kind,
Scheinen wir nur, was wir am mind'sten sind.
Drum dämpft den Trotz, beugt euch dem Mann entgegen,

Ihm unter seinen Fuß die Hand zu legen,
Wenn er's befiehlt. Zum Zeichen meiner Pflicht,
Verweigert meine Hand den Dienst ihm nicht.

Petruchio. Das nenn' ich eine Frau! Küß' mich, mein Mädchen!

Lucentio. Glück zu, Herr Bruder, du bezwangst dein Käthchen!

Vincentio. Das klingt recht fein, wenn Kinder fromm und fügsam!

Lucentio. Doch schlimm, wenn Fraun verstockt und ungenügsam.

Petruchio. Nun, Käthchen, komm zu Bette.
Drei sind vermählt, doch zwei nur schlecht, ich wette.
Gut' Nacht, ihr Herrn, und traft ihr schon das Weiße,
Ich bin's, der heut mit Recht der Sieger heiße.

(Petruchio und Katharina ab.)

Hortensio. Die Widerspenst'ge hast du gut gebändigt.

Lucentio. Ein Wunder bleibt's, daß dies so glücklich endigt.

(Ab.)